INOUE Areno

L'ODE AU CHOU SAUTÉ

Roman traduit du japonais
par Patrick Honnoré

Éditions Picquier

Titre original : *Kyabetsu itame ni sasagu*

Mas de Vert
B.P. 20150
13631 Arles cedex
www.editions-picquier.com

En couverture : © D.R.

Mise en page : IGS

Conception graphique : Picquier & Protière

ISBN : 978-2-8097-1614-6
ISSN : 1251-6007

Le Banquet

Collection dirigée par
RYÔKO SEKIGUCHI

La collection Le Banquet *réunit des œuvres japonaises inédites où la nourriture occupe une place centrale, celle du plat de résistance.*

Car la cuisine n'est pas un sujet mineur de la création littéraire et ce serait une erreur de restreindre son territoire à un périmètre bien délimité : femmes, famille, partage, bonheur...

La nourriture est tout à fait pertinente pour parler du désespoir, des inégalités, de l'injustice ou d'un monde futur, elle est même indispensable.

Aujourd'hui plus que jamais, avec une nouvelle conscience envers le vivant, nous souhaitons créer une autre relation avec ce qui nous entoure et ce qui nous nourrit. Tisser des histoires de nourriture, c'est parler de notre façon d'être au monde.

Il est temps de se retrouver autour de la grande table fédératrice de la littérature pour goûter au repas de la vie. Le Banquet *fera naître en vous un savoureux espoir.*

RYÔKO SEKIGUCHI

RIZ NOUVEAU

Trois marmites étaient en train d'étuver leur double litre de riz chacune. Trois énormes auto-cuiseurs.

Ikuko les surveillait de près. Comme si elles étaient sur le point de parler.

Parfois, il lui arrivait presque de les entendre. Et que je te glougloute. Que je te susurre. Mais pas toujours. Parfois, elle n'entendait rien. Si elle n'entend rien, c'est qu'elle n'a pas envie d'entendre, sans doute. Dans tous les cas, histoire de ne pas les surveiller de trop près non plus, de leur laisser un peu de bride sur le cou, elle souleva le couvercle. Celui de la première marmite, pour commencer. Elle se trouva instantanément environnée de la vapeur vigoureuse du riz.

L'odeur lourde et sucrée du riz cuit. Une odeur pleine de nostalgie, de tendresse. De tristesse aussi, mais à quoi bon penser trop fort aux choses tristes ? Alors, avec un soupir sonore, elle dit :

« Mmm, quelle bonne odeur… » Cela avait du moins le mérite de remettre les pensées inutiles à leur place.

— Qu'est-ce que c'est que ce râle sensuel que tu nous fais, dis ?

Dos à dos avec elle, Kôko, qui prélevait les légumes de la poêle pour les disposer dans les caissons en inox, éclate de rire. Un rire légèrement éraillé, qui donne l'impression de sortir d'une bulle de manga. Ha ha ha ha.

— Pas vrai que c'était sensuel ?

Kôko demande confirmation à Matsuko, qui est en train d'astiquer le comptoir-présentoir en verre de la boutique. Elle n'obtient aucune réponse, bien sûr. De son côté, Ikuko pense que bon, ça va, ce n'est pas la peine d'en faire tout un plat, mais Kôko ne lâche pas le morceau.

— Pas vrai, Matsuko ? Tu as entendu ? répète-t-elle un ton au-dessus. Hé ! Matsuko ! Je te cause !

— Oui, c'est bon, quoi, tu nous casses les oreilles ! renvoie Matsuko.

Tiens, ce matin, elle ne se contente pas de renvoyer de la voix. Elle se retourne pour de bon.

— Sensuel, sensuel… Qu'est-ce qui te prend ? Tu as le feu aux fesses, de bon matin ? Tu n'as que ça en tête, ma parole !

— Le feu aux… Ah ouais.

Kôko fait face à l'attaque en roulant de grands yeux faussement consternés. Elle est aux anges, à vrai dire.

— Bah, tant qu'à partir en surchauffe, vaut mieux ça que la tête, c'est plus près du bonheur. Une vieille en chaleur, pourquoi pas ? Tiens, je crois que c'est l'objectif que je vais me donner pour mes vieux jours…

— Ce n'est plus un objectif, vu que tu y es déjà.

— Ha ha ha ha !

Kôko a soixante et un ans. Petite, bien en chair, généralement vêtue de vêtements à motifs voyants. Le genre marqué dessus « souvenir d'Hawaii », se dit souvent Ikuko. Matsuko, elle, n'a encore *que* soixante ans, les cheveux courts et très noirs, pas « à la garçonne », non, comme un garçon, carrément, plaqués sur le crâne. Vêtements simples et passe-partout, une taiseuse, qui lui rappelle facilement les petits *jizô* de pierre dans les offertoires au bord des chemins, à la campagne.

Pour sa part, Ikuko n'a aucune idée de comment les deux autres la voient, mais une chose est sûre, elle se gardera bien d'intervenir. Dans ce genre de situation, ajouter son grain de sel sous prétexte de jouer les diplomates revient toujours à mettre de l'huile sur le feu. De toute façon, ces échauffourées sont quotidiennes, ce n'est pas la peine de les prendre au sérieux, elle a l'habitude. D'ailleurs, c'est facile :

— Dites, le riz aux champignons, on avait dit combien, déjà ?

— Vingt portions !

Et voilà. Cette fois, Kôko et Matsuko ont répondu à l'unisson : sujet clos.

Le riz aux champignons, ce sont trois sortes de champignons, des *shimeji*, des shiitakés et des pleurotes *eryngii*, sautés à la poêle avec un peu de parures de bœuf, assaisonnés avec une rasade de shôyu et une autre de mirin. Une noisette de beurre là-dessus, avant de les mélanger avec un bol de riz cuit. Une pincée de ciboule finement coupée saupoudrée directement sur la barquette avant de fermer. C'est plus savoureux que les champignons cuits directement dans le riz et moins gras que le riz sauté. Il y a toujours un plat de riz mélangé à quelque chose au menu, à côté du riz blanc, et jamais deux jours de suite le même. Et le succès est là, mieux vaut prévoir large.

A l'ardoise aujourd'hui, à part ça, on a, hum… aubergines frites et bouillon, bœuf pommes de terre aux champignons, saumon d'automne en escabèche, poulet vapeur et feuilles de moutarde-épinard en sauce à la prune, jambon et pommes sautées en persillade ; pour les salades : chou chinois émincé, tranches de pommes, dés d'emmental et noix, et l'autre c'est patates douces et saucisses, vinaigrette au curry. Sans compter les standards : algues *hijiki* braisées, croquettes panées et deux ou trois sortes de légumes en saumure légère. Au total, une carte de onze plats. On s'y met à six heures du matin, et à onze heures, tous les plats sont en présentation sous la vitre.

C'est le concept classique du *sôzaiya*, le traiteur de cuisine familiale à emporter. Et la boutique s'appelle « La Maison de Coco ».

Coco, c'est le petit nom d'amour de Kôko. Plus exactement, si l'on en croit la principale intéressée, c'est comme ça que ses hommes finissent par l'appeler.

Et ça doit être vrai, quelque part. Si la boutique s'appelle comme ça, ce n'est tout de même pas pour rien. Puisque, sur le papier du moins, Kôko est la patronne, et Matsuko et Ikuko les employées.

A l'origine, Kôko et une autre femme s'étaient associées pour acheter et se lancer dans le commerce. Pour une raison quelconque, l'associée s'est ensuite retirée de l'affaire. Matsuko, employée depuis les tout débuts, est restée. Ikuko est venue compléter l'équipe et depuis lors ça n'a plus bougé.

Ce n'est pas un grand quartier, seul l'omnibus de la ligne privée qui le traverse s'y arrête. Mais la rue commerçante est animée. C'est là que se trouve La Maison de Coco.

Le quartier n'est pas grand, c'est vrai, mais on n'est qu'à dix minutes de Shibuya, et l'effet de proximité jouant, la rue commerçante accueille un certain nombre d'officines et de réserves des boutiques plus près du centre. Derrière, dans le quartier résidentiel, qui commence à présenter une jolie patine, on trouve de-ci de-là quelques appartements de charme – Ikuko habite l'un d'eux – et on croise à peu près jeunes et personnes âgées en proportions égales. Pas du tout le pire environnement pour un *sôzaiya*, se dit Ikuko. Ça marche assez bien pour La Maison de Coco, d'ailleurs. Quand on lui demande pourquoi elle a choisi cet endroit pour s'installer, Kôko joue les esthètes et répond, «parce que je trouvais que le quartier avait une bonne odeur». En réalité, cela dénote surtout un sens du commerce plus aiguisé qu'elle ne veut le laisser paraître.

Le bâtiment, une structure en bois de plain-pied constituée de quatre locaux mitoyens, porte officiellement le nom emphatiquement bouddhique de Super-Monju. Il abrite, de la gauche vers la droite, un snack-bar, un marchand de tôfu, un magasin de petit électroménager et La Maison de Coco. La devanture ne fait pas deux mètres de large, mais ça s'élargit au fur et à mesure et tout au fond la cuisine est relativement spacieuse. C'est Kôko et sa partenaire de l'époque qui ont peint les murs en vert, paraît-il.

Depuis le mois dernier, une coupure de presse qui vante La Maison de Coco est affichée à côté du menu du jour. Enfin, une coupure de la revue municipale consacrée aux commerçants du quartier, pour être exact. Photo d'un plat, photo des

Trois Grâces tout sourire alignées derrière le présentoir de verre. *Vous venez ? On vous attend ! On y va ! La gentillesse et le courage de la cuisine de maman*, dit le titre, inénarrable.

La rédactrice avait aimé. Kôko avait répondu à toutes ses questions, y compris celles qu'elle ne lui avait pas posées, pour lui donner les éléments de langage propres à publier un article tip-top consacré à La Maison de Coco :

Moi, c'est Kôko. Elle, c'est Matsuko. Et elle, c'est Ikuko. Vous avez compris ?

Euh, non, ça ne sautait pas aux yeux. La journaliste, une jeune femme à l'air moyennement motivé, avait incliné la tête sur le côté d'un air dubitatif. Kôko lui avait mis les points sur les i.

C'est pourtant simple. Kôko égale « Vous venez ». Matsuko égale *matsu* égale « On vous attend ». Ikuko égale *iku* égale « On y va ». Vous venez ? On vous attend ! On y va ! Bon, d'accord, pour passer de Kôko à « Vous venez », il faut un peu tirer sur la ficelle, mais quand même, ce n'est pas le trio du destin, ça ? Ha ha ha ha.

A vrai dire, pour les appeler le trio du destin, il fallait vraiment tirer fort sur la ficelle. Ikuko se souvient quand elle est passée à La Maison de Coco, il y a trois mois. Ce n'était pas la première fois. Elle peut les compter. C'était la huitième. Elle avait emménagé dans le quartier depuis un mois quand elle avait trouvé cette boutique de plats familiaux. Elle y était revenue tous les jours, y compris le dimanche, où elle était restée toute bête devant le carton *Fermeture hebdomadaire* suspendu au rideau de fer baissé. Le huitième jour, donc, elle avait pris les concombres cassés au maillet, les calmars et pignons de pin en sauce piquante, le mijoté d'algues *kombu* et shiitakés et le chinchard pané. Quand soudain…

Cela faisait mille trente yens. Elle avait donné mille cinquante. Puis elle était restée figée, les vingt yens de monnaie sur sa main tendue.

— Je vous ai bien rendu vingt yens, je crois, avait dit Matsuko d'un air surpris.

— Oui, oui, avait confirmé Ikuko. Euh, je… je voudrais postuler.

— Pardon ? Vous voulez dire, postuler à l'annonce ?

Matsuko avait froncé les sourcils.

— Oui.

Depuis huit jours qu'elle venait, l'annonce rédigée d'une écriture exagérément ronde au feutre deux couleurs à côté du présentoir de verre lui faisait de l'œil.

Coco recherche une employée ! Vous avez envie de travailler dans la joie avec nous ? N'hésitez pas à vous adresser au personnel.

Matsuko – enfin, bien sûr, à ce moment-là elle ne savait pas encore qu'elle s'appelait Matsuko, pour elle c'était encore « la moins sympa des deux femmes d'à peu près mon âge qui tiennent cette boutique » – Matsuko l'avait alors inspectée de la tête aux pieds. Et plus elle inspectait, plus son regard se faisait maussade. Une sorte de « hum » était même sorti de ses lèvres. Hé ! Il y a quelqu'un qui vient pour l'annonce…

A l'évidence, elle n'allait pas faire l'affaire. Lors de « l'entretien d'embauche » qui avait immédiatement suivi dans la cuisine, le message et l'atmosphère pesante disaient clairement : « On vous écrira. »

Pour tout dire, Ikuko s'était même demandé si elles cherchaient réellement quelqu'un ou si elles avaient juste accroché cette annonce pour assouvir leur plaisir sadique de torturer les âmes innocentes qui commettaient l'erreur de se présenter.

Kôko, en tout cas, s'était montrée beaucoup plus avenante que Matsuko. Elle l'avait submergée d'un flot de paroles sur tout ce qui pouvait avoir le moins de rapport possible avec le sujet.

C'est joli, la couleur de votre corsage…

Et vous habitez où ? Le deuxième district ? Ah mais alors vous connaissez peut-être Mme XYZ ?

D'ailleurs, vous savez, Mme XYZ est la première épouse de M. KWQ, mais si, l'acteur…

Pendant tout ce temps, Matsuko la lorgnait comme un chat de gouttière rôdant autour de restes.

Elle avait cru bien faire en venant huit jours de suite comme cliente avant d'officialiser sa demande, peut-être était-ce une erreur ?

Le pire, ç'avait été quand elle avait benoîtement avoué qu'elle n'avait jamais travaillé dans le secteur de la restauration.

Hum… Pfff… Peuh… Ikuko avait cessé de compter les onomatopées de mépris caractérisé qui sortaient des lèvres de Matsuko.

Y en a qui croient qu'il suffit d'aimer faire la cuisine… Je suis désolée mais on ne peut rien en tirer de celles-là. Parce que c'est vrai, la cuisine professionnelle, ça n'a rien à voir avec la cuisine amateur, il faut quand même se mettre ça dans la tête. Celles qui croient que travailler, c'est la même chose que mijoter de bons petits plats à son mari… si tu veux le fond de ma pensée, *elles* nous font perdre notre temps…

Matsuko n'était peut-être pas positivement agréable avec les clientes, du moins leur parlait-elle dans le strict respect de la politesse de base, merci madame, ça fait mille trente yens, s'il vous plaît. Rien à dire de ce côté-là. Mais sa façon de basculer sur un tout autre registre à peine Ikuko avait-elle eu le malheur de laisser voir qu'elle était intéressée par l'éventualité de se faire engager, c'était presque une leçon. Ikuko avait l'impression d'ouvrir les yeux pour la première fois sur la dure réalité de la vie sociale. Elle en prenait plein la tête, au point de se sentir légèrement blessée, mais ne trouvait rien à répliquer, Matsuko avait évidemment raison.

J'ai compris. Je suis désolée du dérangement, essaya-t-elle de placer, avant de saluer et de s'en aller.

Or, pendant qu'elle cherchait ses mots et ne les trouvait pas, Kôko, agitant nonchalamment la demi-feuille de papier sur laquelle elle lui avait demandé d'écrire à la va-vite son « curriculum vitæ » – nom, prénom, adresse, âge, expérience professionnelle (néant) – se redressa soudain et, des étoiles plein les yeux, s'écria :

— Non ? Tu t'appelles Ikuko ?

Quatorze heures trente. L'heure de pointe est passée, le restaurant est plus tranquille.

On a posé la sonnette avec le carton *Pour vous faire servir, sonnez ici* sur le présentoir.

Les trois femmes se retirent en cuisine pour déjeuner. Chacune tire un tabouret autour des caissons au bain-marie et se prépare une assiette avec du riz pioché directement dans l'autocuiseur et ce qui lui fait envie parmi les accompagnements qui restent.

— Moi, je trouve que notre riz est excellent. Vous n'êtes pas d'accord ? dit Kôko en toute modestie. C'est vrai, quoi ! Même froid, il est bon.

— Il n'est pas froid, qu'est-ce que tu racontes ? dit Matsuko.

— Je veux dire, il serait froid qu'il serait quand même bon. Moi, je ne congèle rien. Je n'ai pas envie de manger du réchauffé au micro-ondes. Je préfère le manger tel quel, même de la veille. Avec une soupe miso bien chaude. Et c'est parfait, moi je dis ! A condition que le riz soit excellent.

— Tu essaies de nous dire que tu as été élevée au riz de luxe, c'est ça ?

— Ha ha ha ha ! Non mais tu l'as entendue, Iku-chan ?

— En tout cas, c'est vrai qu'il est excellent, répond Ikuko en avalant une grosse bouchée de riz, à titre de preuve.

C'est vrai qu'il est bon, le riz de La Maison de Coco. Kôko a des accointances avec un négociant en riz qui prend son métier à cœur, il lui sélectionne un riz qui ne fait pas partie des labels les plus connus mais possède un caractère tout à fait remarquable. Un riz de snob, ne manque pas de rappeler ironiquement Matsuko de temps à autre, surtout en comparaison du prix des plats au menu. Mais Kôko n'en démordra pas : « Le riz, c'est fondamental. » D'ailleurs, c'est juste pour dire. Sur le principe, Matsuko pense la même chose.

Le riz cuit de ce matin est chaud à cœur, celui qui refroidit dans le baquet en bois dégage une odeur appétissante. Et cette très légère fragrance de réséda ? Il doit y en avoir un en fleur dans le quartier. L'été est définitivement achevé. Un petit vent frisquet s'immisce par la devanture ouverte jusque dans la cuisine.

Ah, je connais ça !

Une sensation vient frapper Ikuko. Du riz bien chaud, le parfum du réséda, une conversation futile qui diffuse à ses côtés.

Pour stopper le flot de souvenirs qui l'assaillent à lui donner le vertige, elle laisse échapper un gémissement de plaisir.

Kôko ne sait pas laisser passer une impression sans réagir.

— Rôôh, Iku-chan, encore ? Tu sais quoi, ton gémissement, ça fait remonter un souvenir. Mais pas du tout ce que vous pensez, voyons. Matsuko, tu as déjà vu une baleine ?

Du point de vue de l'âge, Ikuko est la plus âgée des trois, mais Kôko l'appelle Iku-chan, alors qu'elle appelle Matsuko, pourtant la plus jeune, Matsuko tout court. Ikuko les appelle poliment toutes deux Kôko-san et Matsuko-san. Matsuko, elle, n'appelle personne par son prénom. C'est plutôt « Hé ! », « Tiens, » ou « Dis donc ».

— Bien sûr. Le ragoût Yamato-ni, c'était de la baleine, dans le temps. On faisait du petit salé de baleine aussi. Je n'ai jamais aimé ça, d'ailleurs.

— Ah, quand même, l'*obaike*, c'est délicieux. Avec une sauce miso-vinaigre. Mais de toute façon, je ne te parle pas de baleine à manger, je veux dire une baleine en vrai. Tu as déjà fait du whale watching ?

— Bien sûr que non, quelle idée.

— Moi, je suis allée jusqu'au Canada pour en voir. Qu'est-ce que c'est mignon ! Elles s'approchent tout près du bateau, et puis elles envoient leur jet d'eau tout à coup, on s'est retrouvés tout trempés. Mais ça fait tellement de bien, ah ! Derrière moi, Haku était aux anges. C'est érotique ! il disait.

— Donc c'est bien ce que tu t'imaginais qu'on pensait, en fin de compte.

— Ha ha ha ! Exactement ! fait Kôko, l'air de trouver cela très drôle.

Haku, « Blanc », c'est le surnom de l'ancien mari de Kôko, M. Shiroyama, c'est-à-dire M. « Blanche-Montagne ». Ils ne sont plus ensemble, mais ce n'est pas la mort qui les a séparés, non, c'est un divorce. Même Ikuko le sait, c'est bien simple, Kôko n'arrête pas d'en parler.

Ceci dit, madame va faire du *whale watching* au Canada, s'il vous plaît, se dit Ikuko. Ce M. Haku est jardinier paysagiste, paraît-il. Aller faire du whale watching au Canada n'est pas exactement le genre de loisir que vous attendez de la part d'un jardinier traditionnel. Quelle vie menaient-ils, ces deux-là ? Kôko n'arrête pas de parler d'elle toute la journée, mais en fin de compte Ikuko en sait très peu sur elle, c'est du moins l'impression qu'elle a. Enfin, pas plus que sur Matsuko dont elle sait juste qu'elle n'a jamais été mariée. D'ailleurs, elle-même ne laisse pas percer grand-chose de sa vie privée. Elle a dit que son mari était décédé, et c'est tout.

Ah, la sonnette. Mais pas celle de la rue, celle de la porte de derrière, celle des livraisons. Le marchand de riz, peut-être bien, s'écrie Kôko. Ce n'est pas impossible, renchérit Matsuko. Aucune des deux ne fait le moindre geste. C'est donc à Ikuko d'aller ouvrir. Elle se lève, ouvre la porte. C'est un jeune qu'elle n'a jamais vu.

— 'Jour !

Un grand mince qui se plie en deux pour saluer. Tee-shirt blanc, jean fatigué, un blouson kaki genre pilote d'avion. Ikuko lève de grands yeux ronds.

— C'est le riz. Kotobuki, le riz. Je suis votre nouveau livreur à compter d'aujourd'hui.

— Ah, ah oui. Le riz…

Les choses étant devenues plus claires, Ikuko devrait prendre possession du sac de riz que le livreur a déposé dans un coin, c'est-à-dire lui signer le bordereau de livraison, mais ses jambes ont une sorte de vacillement, elle se retourne comme pour demander de l'aide. Kôko et Matsuko ont dû avoir un pressentiment, elles sont déjà debout.

— Un nouveau livreur de chez Kotobuki ? Quelle surprise ! s'exclame Kôko d'une voix forte, en esquissant un pas de danse. Beau gosse, hein…

Elle cherche l'approbation des deux autres.

Ikuko la lui donne sans rechigner en agitant vigoureusement le menton de haut en bas.

— Le riz nouveau ? demande Matsuko.

— Oui. Je m'appelle Kasuga Susumu. Enchanté…

La voix claire et nette.

S'ensuit un long silence.

Les trois femmes de La Maison de Coco échangent un regard, puis Matsuko s'éclaircit la voix.

— Non, je voulais dire, j'avais cru comprendre qu'à partir d'aujourd'hui, c'était le riz nouveau. Je ne parlais pas de toi. Du riz.

C'est ce qui s'appelle casser l'ambiance. Ah bon ! Le jeune éclate de rire sans arrière-pensée.

— C'est exact. Aujourd'hui, première livraison du riz nouveau. Le riz nouveau de Kotobuki vous est livré par le riz nouveau de chez Kotobuki !

— Oh, mais drôle, en plus ! Le riz nouveau par le riz nouveau, trop bon ! Ha ha ha ha, rit Kôko.

Matsuko n'est pas en reste.

Seule Ikuko semble partie sur autre chose.

— Kasuga Susumu, dis-tu ?

Le jeune, tout sourire :

— C'est ça, oui… Kasuga, comme « Jour de printemps » et Susumu comme « Droit devant ».

— Ah oui. Susumu comme « Droit devant »…

— Exact. Susumu comme « Droit devant », répète le jeune, légèrement intrigué.

Ikuko se retourne pour étouffer un rire.

— Ben quoi ? demande Matsuko en la suivant des yeux.

— Ha ha ha ha ha !

Kôko hurle de rire, et cette fois, aucun doute, ce n'est plus une esquisse mais un vrai pas de danse.

La Maison de Coco ferme à huit heures et demie. Le temps de faire la caisse et de tout nettoyer, il est dans les dix heures quand elles ferment la boutique.

On va passer un moment chez Arashi, «La Tempête», le snack-bar trois portes plus loin, disent Kôko et Matsuko. Ikuko les quitte donc devant la boutique et rentre seule chez elle.

Elles font la paire, ces deux-là, se dit Ikuko. La jovialité exagérée de Kôko et la mauvaise humeur gratuite de Matsuko se répondent à merveille mais ne laissent rien augurer d'une relation en dehors du travail. Or, un soir sur deux, elles vont ensemble boire à La Tempête. Que peuvent-elles bien se raconter jusqu'à minuit, côte à côte sur leur perchoir – vu qu'il n'y a qu'un comptoir à La Tempête ?

Iku-chan, tu devrais venir de temps en temps, toi aussi. Même si tu ne bois pas d'alcool, tu peux prendre un jus d'orange ou un Coca.

Kôko lui a plusieurs fois fait des avances, mais Ikuko a toujours refusé.

Le réséda sent encore plus fort que dans la journée, une odeur entêtante comme un alcool, précisément, tandis qu'elle monte la côte d'un bon pas.

A peine sortie de la rue commerçante, dès le premier carrefour c'est le quartier résidentiel, silencieux, avec ses nombreuses maisons anciennes à la végétation d'une densité telle qu'aucune lumière ni aucune conversation, ou si peu, ne percent à l'extérieur. Elle dépasse la maison, petite mais charmante, où Kôko vit seule, puis le bâtiment en bois où Matsuko loue un appartement, avant d'arriver chez elle, en une quinzaine de minutes environ.

Six foyers sur deux étages, un appartement cuisine salle à manger chambre tout ce qu'il y a d'ordinaire. Encore assez récent pour que la robinetterie soit belle, sans être agressivement brillante comme elle l'est souvent dans les appartements neufs. C'est ce qui lui a plu de prime abord quand elle s'est installée. Bien qu'elle ne se soit découvert ce goût-là que plus tard. Sur le coup, c'était juste que le montant du loyer lui convenait. Pour être franche, elle était sur le point de se décider pour un autre appartement qu'elle venait de visiter, et c'était l'agent immobilier qui avait tiqué en la voyant. Laissez-moi vous en montrer un autre, lui avait-il dit. Ce second appartement à voir, c'était celui-ci. Ce qui l'avait décidée, finalement, c'était la fenêtre au nord qui donnait sur le parc.

Ikuko jette un coup d'œil vers le parc. Elle laisse toujours une chaise à côté de la fenêtre.

Elle s'assoit, sort une canette de bière du frigo à côté d'elle et la boit.

La nuit, le parc est plongé dans le noir. Il a une drôle de touche pour un parc. On dirait une parcelle qui aurait échappé au promoteur après les travaux de terrassement pour viabiliser le quartier et dont on aurait finalement décidé de faire un jardin public, sans plus de raison que ça, pour ne pas la laisser en friche. Pas le moindre accessoire de jeux pour enfants. Juste un banc, un seul, posé là au milieu de la pelouse. A côté du banc, un lampadaire, qui envoie un rond de lumière pâlotte et infiniment triste.

Elle est censée avoir choisi cet appartement pour ce coin de verdure, mais ce n'est pour ainsi dire que la nuit qu'elle regarde le parc. Chaque fois qu'elle profite du fait qu'officiellement elle ne boit pas d'alcool pour rentrer chez elle et boire quand même, mais seule, c'est ici qu'elle s'installe, devant la fenêtre sur le parc.

La première canette de 35 cl n'a pas duré longtemps. Elle en sort une seconde du frigo. Elle en avale trois grosses gorgées. Puis elle a un petit rire. Le coup du « riz nouveau » de tout à l'heure qui lui revient.

Quand Kôko lui a expliqué ce qu'elle trouvait de si drôle à son nom, Kasuga Susumu a hoché la tête. Ah, je vois… a-t-il dit. En fait, il n'avait pas l'air de voir grand-chose. Ni même celui d'avoir entendu la moitié des explications empressées de

Kôko. Ou alors il avait bien entendu, mais ça le laissait froid. Du genre, oui, et alors ?

Eh bien, moi, c'est Kôko. Elle, c'est Matsuko. Et elle, Ikuko. Kôko, Matsu, Iku. Vous venez ? On vous attend ! On y va ! Et toi, c'est Susumu, Droit devant ! Quinte flush royale, non ?

Le souvenir de l'explication de Kôko la fait de nouveau sourire. Quinte flush royale. Elle a de ces trouvailles… Surtout qu'il n'y a pas le compte, mais bon.

Elle ne s'arrête plus. Me voilà soûle, maintenant… se dit-elle. Je ne tiens pas bien l'alcool, de toute façon. Sa troisième canette en main, elle va dans sa chambre, une pièce de six tatamis.

Le futon étant encore dans le placard, la chambre n'est occupée que par une petite bibliothèque, un petit radiateur électrique et deux coussins plats. La housse des coussins est en laine matelassée aux motifs de couleur. Ça lui a pris, un jour, elle a brodé ces housses sans quasiment sortir de chez elle pendant une semaine. C'était sa période travaux manuels. Après, il y a eu la période où elle n'avait plus aucune envie de se faire à manger et où elle ne mangeait que des plats tout prêts (sa période plats en barquettes, dite aussi période Maison de Coco). Et puis maintenant. C'est sa période quoi, maintenant ? se demande-t-elle. De nouveau ça la fait rire.

La deuxième étagère de la bibliothèque en partant du bas ne contient pas de livres. Sur un chemin de table brodé – autre création de sa période travaux manuels – elle a disposé deux photos encadrées. Celle dans un cadre en bois est une photo de Shunsuke, son mari. L'autre cadre, plus petit, en métal, contient une photo de son fils Sô. Sô est mort à deux ans. Et Shunsuke trente-quatre ans plus tard, il y a six mois.

Un gobelet en verre soufflé est posé à côté de chacune des photographies. Ikuko leur verse un peu de bière. Ce qui termine la canette. Elle retourne à la cuisine pour en prendre une quatrième.

A la vôtre ! dit-elle en levant sa canette devant les deux photographies.

A la gaieté exagérée qui colore sa voix, elle sait qu'elle est déjà un peu pompette. C'est la seule chose qui l'empêche de craquer. La bière, c'est peut-être un peu tôt pour le bambin de deux ans tout sourire dans son bonnet tricoté, mais de ce côté-ci de la réalité, il serait un homme dans la force de l'âge, alors il a bien le droit. Ça ne rate pas, c'est toujours cette idée qui lui vient.

Quelle tête aurait-il aujourd'hui, cet homme dans la force de l'âge ? Elle ne s'est jamais posé la question, mais aujourd'hui, pour la première fois, une vague image lui apparaît. Celle de Kasuga Susumu, le « riz nouveau ». Oui, repensons-y encore un peu. Aujourd'hui, dès le premier regard, quand elle l'a vu, une pensée l'a submergée. C'est lui, c'est Sô ! Combien de fois a-t-elle cherché le visage de Sô dans celui d'individus qu'elle croisait ? Mais c'est la première fois que l'appel lui vient d'en face.

Ikuko tire le petit tiroir tout en bas de la bibliothèque et en sort un cure-oreille en métal. Elle a essayé toutes sortes d'objets, elle n'en a pas trouvé qui produise de meilleur son que celui-là. Elle en donne un petit coup sur le verre de Sô, *tchin !* puis sur celui de son mari, *tchin !* puis sur sa canette de bière à elle, *tchof !*

Puis elle chante. Bien en rythme. En général, elle chante le premier air qui lui passe par la tête. Aujourd'hui, c'est la *Chanson du riz nouveau*.

FILHOS

C'est dimanche, Kôko s'est levée de bonne heure, elle a ouvert le rideau de sa chambre : les cosmos tardifs étaient en fleurs.

Sans se débarbouiller, sans même se brosser les dents, en petite chemise de nuit de dentelle blanche très petite fille, elle a immédiatement téléphoné chez Shiroyama Otohiko.

Il est huit heures du matin. Haku est nécessairement levé, à cette heure. Pourvu qu'il ne soit pas encore allé je ne sais où.

Kôko priait à chaque sonnerie. Pourvu qu'il décroche, pourvu qu'il décroche, pourvu qu'il décroche… Finalement, la chère voix de son ex-mari se fait entendre.

— Moui…

— Bonjouuur ! s'écrie Kôko de sa voix la plus gaie.

C'est-à-dire avec au moins vingt pour cent de gaieté en rab par rapport à ce qu'elle avait l'intention de servir. De quoi avoir des vertiges avec sa propre voix. C'est parce qu'elle vient de se lever, le moteur est encore un peu froid.

— Dis, aujourd'hui, je peux passer te voir? J'ai quelque chose pour toi…

— Aujourd'hui… murmure Shiroyama.

Un murmure purement acoustique. Rien d'émotionnel là-dedans.

Depuis leur divorce, autant elle a travaillé sa voix pour gagner en gaieté, autant son masque à lui s'est réfugié dans l'impénétrabilité. Une réflexion qu'elle se fait, comme ça.

— Un instant, je te prie.

Un clic, suivi de l'*Air sur la corde de sol*. C'est la mélodie du téléphone de Shiroyama quand il vous met sur attente. *Laaa lalilalilalaaa*. Kôko fredonne à l'unisson.

Quand ils vivaient ensemble, Shiroyama n'utilisait jamais la touche « en attente ». Il ne s'était même jamais avisé qu'un tel bouton existait. Il mettait la main devant le combiné et appelait. Coco ! Coco-chan ! Evidemment, à l'autre bout du fil, on l'entendait parfaitement, qu'est-ce qu'on pouvait se moquer de lui à l'époque.

Bah, c'est sûr qu'à l'époque, il ne craignait pas que son ex-femme l'appelle à la fraîche le dimanche matin.

Cette idée la fait éclater de rire.

Avant qu'elle se demande ce qui est en train de se négocier là-bas, du côté de l'*Air sur la corde de sol*, Shiroyama a repris la ligne.

— C'est bon. Pas de problème.

Elle se fait souvent mettre en attente, mais en définitive, c'est toujours d'accord. Elle n'a jamais essuyé une rebuffade.

— Je me mettrai en route après le petit-déjeuner, alors je pense que j'arriverai chez toi un peu après midi. Je me débrouille pour le repas de midi, ne va pas m'attendre en préparant quelque chose.

— Pas de problème. N'importe quelle heure. Je suis chez moi toute la journée.

Derrière l'affabilité de la voix, Kôko perçoit comme un soupçon, oh, très léger, d'agacement.

— A tout à l'heure, alors! lance-t-elle dans l'appareil avec une gaieté d'anthologie, comme pour balayer au loin ce soupçon inopportun.

Kôko était sortie de chez elle bien plus tard que prévu.

Le maquillage et la coiffure avaient pris du temps, et elle avait passé des heures à se demander ce qu'elle allait mettre. Non pas qu'elle désirât paraître au meilleur de sa forme dans l'espoir de réévaluer sa cote, passer pour plus élégante qu'elle ne l'était. Non, pas du tout. Elle voulait n'être rien d'autre qu'elle-même, celle qu'elle avait toujours été, ce qui pour elle signifiait: celle qu'elle était quand elle était la femme de Shiroyama. Mais celle qu'elle avait toujours été, comment était-elle ? Elle avait de plus en plus de mal à s'en souvenir, et chaque fois qu'elle allait voir Shiroyama, elle avait plus de peine à la rappeler à elle.

Finalement, elle était partie dans une robe en maille ornée de dahlias rouges, un manteau de tricot rouge et un béret noir. La robe aux dahlias était celle qu'elle portait la veille, et pourtant c'est avec l'étrange sensation qu'elle était assez loin de « celle qu'elle avait toujours été » qu'elle prit place dans sa Mini Cooper blanche.

Il fallait compter au minimum trois heures porte à porte jusque chez Shiroyama, même en roulant le plus vite possible. Parce qu'après avoir quitté l'autoroute, il fallait encore compter une heure et demie de petites routes avant d'arriver au fin fond de nulle part, au bord de la mer. Chaque fois qu'elle s'y rendait, Kôko trouvait cette distance proprement absurde. Pourquoi fallait-il trois heures pour voir Haku ? Il ne le lui dirait sans doute jamais, mais elle pressentait que c'était précisément la raison pour laquelle Haku était allé se terrer dans ce trou perdu.

C'était loin, mais la route de bord de mer était bien agréable. Encore plus par une belle journée d'automne comme celle-ci. Elle arrêta la voiture sur un parking aménagé avec panorama et prit cinq minutes de pause pour admirer la mer. Pas plus, parce qu'elle avait trop hâte de revoir Haku. Ma foi, il suffisait de se dire qu'elle faisait tout ce chemin pour venir pique-niquer.

Se serait-elle jamais doutée, il y a dix ans, que le destin qui l'attendait, c'était d'aller pique-niquer le dimanche pour voir son ex-mari ? C'est drôle, la vie. C'est ce qu'elle avait dit un jour à Matsuko au snack-bar La Tempête. Je ne vois pas ce qu'il y a de drôle là-dedans, lui avait répondu Matsuko.

— Coucou !

Kôko leva bien haut ses deux mains pleines de cosmos tardifs et déploya un grand sourire jovial. En face, Shiroyama et sa femme Megumi semblaient plutôt gênés. Parce que des cosmos tardifs, ils en avaient plein le jardin, tout autour de la maison. Mais Kôko n'allait pas se démoraliser pour si peu. Dès le premier coup d'œil sur le jardin, elle avait décidé qu'il ne fallait pas se mettre martel en tête. Parce que, si cela n'avait tenu qu'à elle, elle aurait bien aimé venir tous les week-ends, alors puisqu'elle se retenait pour ne venir qu'une fois par mois, voire une fois tous les deux mois, comment aurait-elle pu deviner ce que son jardinier d'ex-mari avait semé cette fois, hein ?

— Ah, mais ce ne sont pas tout à fait les mêmes. Les miens ont grandi à la ville, déjà, déclara-t-elle, ha ha ha ha, en lui confiant les bouquets.

— Ils sont bien beaux. Tu dois avoir une bonne terre, dit Shiroyama en plissant les yeux pour admirer les fleurs.

— Sûrement. D'ailleurs c'est pour ça que moi aussi, j'engraisse.

Shiroyama rit, Megumi aussi. Un rire hésitant, qui ne savait pas trop comment prendre sa remarque.

Très bien, cette fille. Très, très bien. En principe, vous n'êtes pas censée trouver normal que l'ex-épouse de votre mari débarque chez vous le dimanche, eh bien, elle savait parfaitement n'en rien laisser paraître. Haku sait choisir ses femmes, ça c'est sûr.

C'est donc du fond du cœur que Kôko s'écria, sourire aux lèvres :

— Megumi-chan ! Alors ? Comment va ?

La maison de Kôko, celle qu'elle habite actuellement, c'est Shiroyama qui la lui a achetée. Avec l'argent de la maison d'Ikejiri qu'ils habitaient tous les deux. Il avait accompagné Kôko dans la tournée des agences immobilières, visité quantité de propositions, sélectionné les logements qui pouvaient lui convenir. Il avait tout payé, les meubles, la vaisselle, elle n'avait qu'à dire je veux ça, ça et ça, il le lui achetait, il avait monté la bibliothèque, posé les tringles des rideaux. Toutes les démarches compliquées aussi, la banque, l'agent immobilier, l'enlèvement des encombrants, il s'en était occupé. Shiroyama avait tout fait. Tout fait pour la quitter et vivre avec Megumi.

La maison de Megumi, sur le rivage, était chaude.

— C'est une vieille bicoque, l'air y circule bien, c'est sûr, dit Shiroyama en riant.

N'empêche qu'elle était chaude.

C'est sûr que trois adultes enfermés dans un aussi petit espace… Kôko préférait s'en tenir là.

Vieille bicoque, certes, et toute petite, mais très bien à l'intérieur. Parfaitement rangée. Megumi aimait que tout soit fait dans les règles, alors évidemment, elle devait mettre un point d'honneur à en faire la démonstration dans le domaine des tâches ménagères. Mais les goûts de Shiroyama devaient tout de même s'imposer dans celui du mode de vie, pensait Kôko. L'air de rien, il avait ses exigences. Même s'il lui répétait tout le temps, je suis un homme ordinaire. C'est toi qui fais une montagne de la moindre broutille.

— Une autre tasse de café ? demanda Shiroyama.

Ils étaient assis tous les trois autour de la table faite main – un plateau d'une seule planche –, appuyée contre la fenêtre. Dehors, on voyait une galerie en vieux bois. Ça aussi, c'était Shiroyama qui l'avait fabriquée, avec l'aide de Megumi sans doute. Bien sûr.

— Volontiers !

Kôko avait l'intention de rentrer après cette seconde tasse. D'habitude, elle en buvait trois, mais aujourd'hui elle était arrivée tard, et puis les journées étaient courtes, si elle prenait une troisième tasse de café maintenant, il ferait nuit quand elle partirait. Et il était hors de question de s'imposer jusqu'à l'heure du dîner. Une ex-épouse ne dépasse pas l'heure du thé. Elle avait des principes, tout de même.

— Il a quel âge, ce garçon ? demanda Megumi en se tournant vers Kôko, après avoir suivi des yeux Shiroyama jusqu'à ce qu'il s'éclipse dans la cuisine.

Depuis tout à l'heure, la conversation tournait autour de la fameuse histoire du « riz nouveau » de l'autre jour. Ça aussi, elle l'avait décidé dans la voiture.

— Vingt-deux, vingt-trois, je suppose. Ou un peu plus, peut-être. Moins de trente en tout cas, ça c'est sûr. Tout frais tout neuf, c'est tout ce que je peux dire. Tout frais tout neuf !

— Une quinte *fraîche* royale, alors ?

Shiroyama revint précipitamment. Sans la verseuse à café.

— Et si on mangeait, plutôt ? Aujourd'hui, on se disait qu'on allait faire un *oden*, alors depuis ce matin, on laisse mijoter les navets blancs, les taros. Il ne reste plus qu'à préparer les croquettes de tôfu, ce sera vite fait.

— Ah non, non, non… s'écria Kôko plus fort que de raison.

Au même moment, elle sentit l'odeur de l'*oden* qui s'échappait de la cuisine. Shiroyama avait sans doute allumé le gaz pour le réchauffer. Et il faut avouer que ça sentait rudement bon. Une odeur très tentante. Surtout que, bien sûr, elle ne le leur dirait pas, mais dans son empressement à venir le plus tôt possible, elle avait sauté le repas de midi.

— Depuis tout à l'heure, j'entends un ventre gargouiller, je ne sais pas à qui il appartient mais ça m'a donné faim !

Shiroyama l'avait percée à jour, manifestement. Kôko rougit.

— On a pris le petit-déjeuner très tôt aujourd'hui, c'est sûr, renchérit Megumi, confirmant qu'elle n'y voyait aucun inconvénient.

Et voilà, c'était décidé.

Mais maintenant que c'était décidé, il y avait évidemment des choses à préparer. Shiroyama repartit dans la cuisine, Megumi à petits pas pressés sur ses talons. Kôko se retrouva seule avec sa tasse à café vide. Heureusement qu'elle était venue en voiture. Sans ça, bière ou saké, elle boirait sans aucune retenue. Et une fois qu'elle aurait bu, elle ne pourrait plus rentrer et devrait se faire inviter à dormir. Et on avait beau dire, elle ne pouvait tout de même pas infliger ça à Megumi.

D'ailleurs, soyons claire, toutes ses précautions pour ne pas s'incruster trop longtemps, tous ses calculs pour être sûre de rentrer avant le repas du soir, ce n'était pas seulement par prévenance envers eux, c'était surtout pour sa stabilité mentale à elle ! Elle le savait, mais il valait mieux se le rappeler de temps à autre, pensait-elle en s'efforçant de ne pas écouter ces frôlements de vaisselle, ces échos de conversation sans apprêt en provenance de la cuisine.

Et soudain, la marmite à *oden* arriva sur la table.

Des plats complémentaires aussi : des patates douces sautées à la sauce pimentée, et un kimchi maison dont Megumi dit qu'elle était désolée, il n'était peut-être pas encore parfaitement fermenté. Mais à vrai dire, ce n'était pas ça le problème. C'était l'*oden*.

Un *oden* constitué d'un monceau de tronçons de navets blancs, taros en quartiers, œufs durs et croquettes de tôfu luisantes de bouillon, un bouillon limpide où tous ces ingrédients avaient longuement mijoté à cœur, un bouillon d'un goût exquis, réalisé à la perfection avec de la bonite séchée, des *kombu* et des ailes de poulet, assaisonné de shôyu clair, saké et un soupçon de mirin pour un rendu sublimement raffiné.

Evidemment que c'était un délice, elle n'avait pas besoin de le goûter pour le savoir. Pour la simple et bonne raison que Shiroyama lui en avait souvent préparé, du temps où il était son mari à elle.

— Ah, les croquettes de tôfu… des *filhos*, pas vrai ? dit Kôko en les montrant du doigt.

— Exact. C'est moi qui les ai faits. Ils sont bons, tu verras, répondit Shiroyama.

Kôko a passé son permis de conduire à cinquante-trois ans.

Trois ans après avoir ouvert son commerce, immédiatement après son divorce.

La voiture était indispensable pour faire les achats de la boutique, et puisque le chauffeur Shiroyama avait déserté son poste, il allait bien falloir qu'elle s'y mette elle-même. Mais à la vérité, si elle avait persisté à fréquenter l'auto-école, cet endroit où elle n'aurait jamais imaginé avoir à mettre les pieds de toute sa vie et qui lui correspondait si mal, si elle avait supporté les engueulades systématiques de l'instructeur, les moqueries, les railleries, les crises de désespoir devant son absence totale de dispositions pour tenir un volant, c'était parce que sans cela, elle aurait passé ses journées à penser à Shiroyama.

Elle avait fini par s'habituer à la conduite. Elle était rentrée un nombre impressionnant de fois dans des rambardes, des poteaux et des voitures en stationnement, mais elle s'était toujours gardée à bonne distance des piétons en vie et des véhicules en mouvement, ce qui lui valait aujourd'hui d'être la détentrice d'un permis Gold : zéro accident, zéro contravention. Sa Mini Cooper actuelle est une occasion, mais elle ne l'a que depuis le printemps dernier, et elle n'a pas une bosse, pas un pet, elle est mignonne comme tout.

A six heures du matin, elle se gare sur le parking du marché de gros où elle fait ses achats. Depuis huit ans qu'elle y vient, maintenant ça va, elle ne se cogne plus dans rien. Six heures du matin, mi-novembre, il fait bien froid. En manteau mi-long vert pâle et écharpe à motifs de panthères autour du cou – pas à motif panthère, à motifs *de* panthères, avec des panthères dessinées un peu partout, elle adore –, Kôko marche d'un bon pas.

— Bonjour ! lance-t-elle chaque fois qu'elle reconnaît un producteur ou un grossiste. Qu'est-ce qu'il fait froid, alors !

« 'Jour ! » « Bonjour du matin ! » Les salutations données en retour sont généralement banales. Quelques-uns en rajoutent : « Toujours en forme dès potron-minet, hein, madame Kôko ! » ou « Alors, toujours dynamique ! » avec un sourire un peu forcé. Peut-être un peu plus que d'habitude, et pourtant, c'est un jour comme les autres. Ce qui, par expérience, doit vouloir dire que j'ai l'air fatiguée, se dit Kôko. C'est que, pour paraître en forme, par rapport à quand on l'est vraiment, il faut rallonger la dose de vingt pour cent.

La première chose qui lui a fait de l'œil, aujourd'hui, c'est un maquereau bien gras. En mijoté de miso, ce sera très bien. Mais frit, avec de l'ail et du shôyu, ça pourrait être parfait aussi. Puisqu'il est bien frais, on pourrait en garder deux pièces, frottées de vinaigre, pour le soir.

Le plat d'appel une fois fixé, elle ne se décidera pour la viande qu'après avoir choisi les légumes. Elle jette donc un coup d'œil chez le primeur. Où elle remarque des bulbes de lis.

— Oh, malheur…

Elle en prend un et commence à l'examiner de près. C'est lourd. Il y a encore de la terre, mais dessous, le bulbe est bien blanc, bien gonflé.

— Allons, allons, tu ne vas pas faire la fine bouche, entend-elle.

C'est la patronne du primeur, qu'elle connaît bien.

— C'est le début de la saison, ils sont extra. Mijotés au bouillon doux façon *kinton*, ou alors avec de l'œuf vapeur en *chawanmushi*. Tu peux les mettre dans un *ganmo*, aussi.

Kôko a quitté les bulbes de lis des yeux pour se tourner vers la patronne, les yeux gros comme… comme des bulbes de lis.

— Mais bien sûr !

— Euh, bien sûr quoi ?

— Dans un *ganmo*, ça va être une tuerie !

— Hein ? Ah, euh, oui… c'est sûr.

C'est ainsi que ce jour-là, à La Maison de Coco, en tête de série, ce ne fut pas « maquereau », mais « *ganmo* ».

Parce qu'à l'origine, c'est comme ça qu'elle disait, elle aussi. *Ganmo*. *Ganmo* pour *ganmodoki* : des « presque de l'oie sauvage ». C'est comme ça qu'on dit, dans la région de Tokyo. Les *filhos*, ou *hiryôsu*, les « têtes de dragons volants », c'est la même chose, mais dans les régions de l'Ouest.

Shiroyama, natif de Kyôto, les appelle des *filhos*. Pour Kôko, c'était le premier homme qu'elle connaissait qui appelait les *ganmo* des *filhos* – ce fut son premier homme à d'autres égards aussi, d'ailleurs – c'est pourquoi, chez elle, le mot *filhos* est définitivement associé à la voix de Shiroyama. *Filhos*. Le mot porte des sensations faites pour lui, c'est évident. Et le mets lui-même lui ressemble tellement, se dit Kôko. Enfin, entendons-nous bien : il n'y a de *filhos* que faits main, par les doigts mêmes de Shiroyama. Gonflés, légers, au bon parfum de tôfu, avec ce jus qui vous emplit la bouche quand vous mordez dedans. Des *filhos* aux écrasures de crevettes, aux shiitakés, et, donc, aux bulbes de lis.

Elle était repassée chez le poissonnier pour réduire sa commande de cinq maquereaux à deux. Puis passage chez le marchand de tôfu à qui elle avait acheté dix pavés de *momen-dôfu*, le tôfu ferme. En arrivant à la cuisine de La Maison de Coco, la première chose qu'elle fit fut d'égoutter le tôfu. Une fois bien égoutté, elle en remplit le mortier rainuré géant et, d'un mouvement circulaire des bras, au pilon à moudre, elle l'écrasa.

Cela aurait été plus rapide au mixeur, évidemment. Elle en avait un aussi gros que son mortier géant. Mais ce matin, elle ne savait pas pourquoi, elle était d'humeur à broyer tout ça à la main, entre mortier et pilon, la sueur au front. Plus le pilon se faisait lourd, plus elle y mettait d'énergie.

Quelle chance de savoir cuisiner ! Kôko en était intimement persuadée. Même si elle n'avait appris à cuisiner – si elle n'avait commencé à s'intéresser à la cuisine – que grâce à Shiroyama. Enfin, peut-être devrait-elle plutôt dire : Quelle chance d'aimer manger ! Quelle chance d'être vivante, c'est surtout ça qu'elle voulait dire. Parce que même dans les pires moments, dans les pires souffrances, il faut bien manger, tout de même. Et pour manger quelque chose, il faut bien se bouger un peu. Soudain, elle pense : Quelle chance d'être vivante, sans doute, mais si elle était une coccinelle, elle ne serait ni triste ni rien. Et cette idée la fait éclater de rire. Son rire roule dans la cuisine comme une boule de broussailles épineuses dans un film américain.

Dans le tôfu écrasé, elle incorpore les crevettes et les shiitakés qu'elle a coupés en petits morceaux pendant que le tôfu égouttait. Ensuite, les bulbes de lis, bien entendu. Sel, un peu, et sésame noir. Il s'agit de mélanger délicatement pour ne pas briser les morceaux.

— C'est prêt ! dit-elle.

Mais le son de sa voix ne lui plaît pas. Elle se reprend :

— Il ne reste plus qu'à former les croquettes et à frire.

Décidément, quelque chose ne lui plaît toujours pas dans cette sonorité.

Tout allait si bien jusqu'à maintenant, que se passe-t-il ? Aurait-elle oublié quelque chose ? Le sel ? Non, elle l'a mis. Elle a certainement oublié un ingrédient, genre petit secret qui change tout, qu'est-ce donc ? Du sucre ? De l'huile de sésame ? Du bicarbonate de soude ? Ou carrément une pincée de curry ?

Elle sait que de toute façon, cet ingrédient secret est totalement superflu. A supposer qu'elle trouve de quoi il s'agit, cela ne modifiera en rien le goût du plat. Elle le sait. C'est une sorte de poudre de perlimpinpin, une petite magie de rien du tout. Mais c'est cette petite magie qu'elle veut. Plus précisément, elle veut téléphoner sur-le-champ à Shiroyama : Dis, dis, les *filhos*, c'est bien comme ça ? Elle veut entendre Haku lui dire de vive voix : Maintenant, il ne te reste plus qu'à former les croquettes et à frire.

Mais cela, elle ne peut pas. Pourquoi ? Parce que Haku n'est plus à moi. Il est le mari de Megumi maintenant. Elle pouvait s'incruster chez eux sous un prétexte quelconque, des cosmos tardifs à apporter, par exemple, mais téléphoner sans nécessité, juste pour demander « Dis, dis… » et se faire donner la recette des *filhos*, ça, ce n'était plus possible.

— Ah, mais c'est pas possible !

Et ce cri était comme une nouvelle boule de broussailles épineuses qui traversait l'écran.

Oh, ce qu'elle aimait ça, les *filhos*…

Pas les *filhos* ordinaires, non, les *filhos* aux bulbes de lis, les *filhos* cuisinés par Shiroyama. Les premiers qu'elle avait mangés étaient un tel délice, elle l'avait tellement tarabusté, qu'il avait fini par en faire pour elle.

Quand ils allaient ensemble au marché, s'il trouvait des bulbes de lis chez le marchand de primeurs, il l'appelait. Coco ! C'est comme ça qu'il l'appelait. Coco, regarde, il y a des bulbes de lis. On en prend ? Il savait qu'elle dirait oui, mais il demandait quand même à chaque fois. Et il ajoutait : Bon, maintenant, le marchand de tôfu.

Le souvenir était encore là. Et là, dans leur maison, là-bas, il cuisinait des *filhos* comme si de rien n'était, sans préparation, sans aucun rite d'entrée en matière, et il arrivait l'air de rien, avec son « C'est moi qui les ai faits, ils sont bons, tu verras ». Se pouvait-il qu'il ait oublié ? Non, il s'en souvenait sans doute, mais pour lui, ce n'était pas « inoubliable ». C'est ça. Pourtant, il y a cent mille années-lumière entre « je me souviens », et « je n'oublierai jamais ».

— Ouaaah ! Qu'est-ce que c'est que ça ?

Kôko se retourna à la voix de Matsuko. Et Ikuko derrière Matsuko, les yeux aussi ronds.

— Des *filhos*, bien sûr ! répond Kôko, comme si cela coulait de source.

— Des quoi ?

— Oui, oui, à Tokyo, on appelle cela des *ganmo*, je crois.

— Je le vois bien que ce sont des *ganmo*, mais pourquoi une telle quantité ?

Sur le papier journal étendu à côté de la marmite à tempura, les *filhos* forment une montagne. Le front et les joues de Kôko luisent de transpiration.

Elle puise à l'écumoire les deux derniers qui viennent de remonter à la surface, puis éteint le gaz. Elle réfléchit à la réponse qu'elle va pouvoir faire à Matsuko. Et qu'elle réfléchisse avant de parler est en soi exceptionnel. Cela prend donc un certain temps.

— Parce que c'est bon !

Cela demandait de la réflexion, c'est sûr.

— Ha ha ha ha, ajoute-t-elle.

— Je veux bien, mais toute cette quantité, c'est pour quoi faire ? Les jeunes de maintenant n'en mangent pas, déjà. Et puis on n'est pas des marchands de tôfu. Tu devrais en vendre la moitié au marchand de tôfu, tiens, si tu veux mon avis.

Au « si tu veux mon avis » qui termine la tirade de Matsuko, Kôko se ressaisit. C'est une vertu des reproches, médisances et pointes sournoises de Matsuko, d'avoir sur elle l'effet de piqûres de vitamines, parfois. Même si, le plus souvent, à vrai dire, Kôko pense juste que Matsuko a un sacré mauvais caractère. C'est sans doute parce qu'elle la connaît depuis si longtemps, et qu'elle connaît aussi son autre personnalité. Enfin, ce n'est pas que son autre personnalité soit radieuse, belle et bienveillante, d'ailleurs.

— De succulents *filhos* comme ça ? Mais il va fermer boutique, le marchand de tôfu, s'il les voit !

Et encore Ha ha ha ha ! pour faire bon poids.

Le rire de Kôko est beaucoup plus naturel, plus enjoué, que tout à l'heure. Ça tourne mieux, déjà. Le moteur a à peine terminé son cycle qu'une main apparaît sur le côté. La main d'Ikuko.

Ikuko s'empare d'un des *filhos* qui viennent de sortir de la friture et mord dedans.

— Délicieux ! Oh, c'est très très bon, ça !

Et ce n'est pas à Kôko qu'elle le dit. Regardant de près le *filhos*, elle lui parle à lui.

— Pas vrai ? Pas vrai que c'est bon ?

Kôko est tellement heureuse qu'elle en prend un aussi.

Le temps de se retourner, Matsuko a disparu.

Ah, si, la revoilà.

— Et vous mangez ça sans une goutte de shôyu, vous autres ?

Le flacon de shôyu que Matsuko est allée chercher circule de main en main, et les trois femmes sont bientôt en cercle à déguster ces croquettes de tôfu qui sont « presque de l'oie ».

Quelle chance d'être vivante !

Vous l'aviez deviné, la devise de Kôko, c'est : A l'assaut !

Parce que la meilleure défense, dans la vie, c'est l'attaque. Et tant qu'à marcher la tête haute, autant en profiter pour attaquer tous azimuts.

Kôko a réaffirmé son concept le jour où Susumu de chez «Kotobuki, le riz» est revenu faire sa livraison au magasin.

— Susumu… Entre donc, mon petit…

Kôko l'accueillait, les deux mains tendues pardessus le sac de vingt kilos de riz que Susumu venait de déposer à terre.

Susumu a eu du mal à déglutir et n'a pas pu retenir un geste de recul apeuré. Les bras de Kôko se referment sur le vide.

— Je suis désolé, j'ai cru que vous alliez me sauter dessus, s'excuse Susumu, trop sérieux pour que ça ressemble à une plaisanterie.

Kôko en est presque vexée. Elle se plante les poings sur les hanches.

— Et pourquoi voudrais-je te sauter dessus, voyons ? Entre, entre, tu prendras bien un petit *filhos*…

— Ro… roast ?

— Non, ce n'est pas un restaurant de grillades ici. Des *filhos*. Des croquettes de tôfu écrasé avec diverses petites choses, formées en boulettes et frites à l'huile. Des *ganmodoki*, si tu préfères.

Pendant que Kôko déploie ses explications, une ombre se glisse entre eux.

C'est Ikuko.

— Tiens. Si ça te dit, tu peux en emporter, on en a trop fait.

Elle lui met dans les mains un pochon de plastique gonflé de *filhos*. On le tient par deux boucles de polyester rouge qui le ferment en serrant l'ouverture. Nouées, les deux boucles feraient presque penser à un ruban.

— Hein ? Vous êtes sûre ? Tout ça ?

Kôko fronce légèrement les sourcils.

— Mais oui, mais oui. Frits par mes soins.

Deux mains apparaissent soudain.

C'est Matsuko.

— Tiens, goûtes-en un. Avec une larme de soja.

Une petite assiette avec un *filhos*. Et une dosette de shôyu.

— Ah, eh bien, merci.

Susumu est un bon garçon. Il accepte l'assiette sans se faire prier. Et pas goujat avec ça, il ne noie pas le *filhos* sous le shôyu. Une seule goutte et il enfourne le *filhos* en entier.

— Oh, c'est bon !

— Ah, tu vois !

Pardon ?

Qu'est-ce que c'est, ce « Ah, tu vois » de Matsuko, comme si c'était elle qui les avait faits ? Kôko fronce les sourcils, et lourdement, cette fois. C'est moi qui les ai frits. C'est moi qui suis en sueur !

Evidemment, une fois Susumu reparti, Kôko se garde bien de garder pour elle ses plus honteuses pensées.

— Dites donc, je voudrais tout de même faire une remarque…

Ikuko range la vaisselle de midi, Matsuko met sous barquette les portions pour la vente du soir. Toutes deux se retournent avec un bel ensemble. A croire que depuis tout à l'heure elles attendaient ce moment.

— … Il me plaît bien, à moi, Susumu.

Un regard s'échange entre Ikuko et Matsuko, un temps, puis Ikuko dit :

— Oui, je sais.

Puis, à mi-voix, elle ajoute :

— … Moi aussi, il me plaît bien.

Kôko sursaute. Aucun doute, c'est à prendre comme une proclamation, une déclaration, au même titre que la sienne.

Mais le plus étonnant reste à venir. Comme se parlant à elle-même, sur un ton fatigué mais néanmoins très affirmé, Matsuko :

— Moi aussi.

SÔMEN AUX PÊCHES

Si Matsuko aime bien manger et si elle est devenue une excellente cuisinière, c'est grâce à sa mère.

Son père changeait continuellement d'emploi, la famille ne roulait pas sur l'or. Mais sa mère savait faire des miracles avec rien. Elle ne se permettait jamais la moindre facilité, ni le matin, ni à midi, ni le soir. Son seul luxe était d'acheter tous les livres de cuisine qu'elle trouvait. Disons que la cuisine était son seul loisir. Ou peut-être était-ce la seule épingle qu'elle avait trouvée pour faire tenir ce foyer dont l'homme ne savait pas rester tranquille, et pas seulement professionnellement.

Elle venait d'une famille aisée de grands amateurs de bonne chère, et même si sa vie de femme mariée l'avait obligée à couper les ponts avec les restaurants gastronomiques de cuisine traditionnelle, son palais avait été formé à ne manger que des bonnes choses. Jamais sa mère n'aurait laissé

Matsuko manger un mets frelaté. Néanmoins, le souvenir d'un épisode particulier, aberrant pour ainsi dire, la hantait.

Elle devait être en première ou deuxième année d'école primaire. Sa mère avait-elle trouvé l'idée quelque part dans sa bibliothèque ? Elle avait décidé d'organiser une fête de Noël. Sans doute le besoin de montrer de quoi elle était capable devant un public un peu plus large que sa seule famille. Bien entendu, Matsuko avait trouvé l'idée formidable. Elle avait invité plusieurs de ses bonnes copines de classe.

D'autres à sa place auraient eu honte de dévoiler à leurs amies que leur famille vivait dans une vieille maison décrépite dont elle n'était même pas propriétaire ; elle, au contraire, ressentait une certaine fierté. Parce qu'elle était sûre que sa mère allait leur préparer un festin comme aucune de ses amies n'en avait jamais vu. Et sa mère était très motivée, elle aussi. Alors, qu'est-ce que je vais leur faire, à ces demoiselles ? Elle n'avait pas les moyens d'engager des frais. Elle allait donc devoir mobiliser toutes ses connaissances culinaires et tout son savoir-faire. Peut-être surestimait-elle l'importance de l'événement ? Peut-être était-elle trop motivée ?

Matsuko a quasiment tout oublié du menu de ce jour-là, à cause de l'impression hors norme que lui laissa un plat en particulier : les *sômen* aux pêches. Ce n'était pas comme cela que sa mère avait appelé ce plat, mais c'est bien sous ce nom que l'on en parla pendant plusieurs jours dans toute l'école. Plus exactement, il s'agissait de nouilles de blé tendre, ce que sont précisément des *sômen*, tièdes, avec une sauce à base de pêches au sirop. Le nom de *sômen* aux pêches s'était donc imposé par la force des choses. La mère de Matsuko l'avait présenté comme un plat de cuisine occidentale. A y réfléchir aujourd'hui, sans doute était-ce une image de *pasta* italienne qu'elle avait à l'esprit. Et peut-être Matsuko les trouverait-elle bonnes, aujourd'hui, ces *sômen* aux pêches. Quoi qu'il en soit, cela remontait à cinquante ans en arrière, autour des années 1955-1965, ce qu'on appelle « les années trente de l'ère Shôwa ». On ne disait pas des *pasta* – à l'époque, la plupart des gens ne savaient même pas ce que c'était, des *pasta*, on disait des *sômen*, alors c'était avec ça qu'elle avait réalisé cette recette : des *sômen*.

Les fillettes s'étaient regardées, avaient étouffé un petit rire et s'étaient gardées de toucher à leur assiette. Rien d'étonnant si on en avait fait des gorges chaudes pendant plusieurs jours à l'école, mais ce n'était pas le pire. L'image de sa mère jetant à la poubelle les nouilles froides et durcies une fois tout le monde parti s'était gravée plus douloureusement encore dans son cœur.

Au chevet de sa mère qui allait rendre le dernier soupir, c'est encore cette image qui était revenue à

Matsuko. Une image triste, sans doute, mais, elle ne sait pas pourquoi, c'est avec le sourire qu'elle y repense aujourd'hui. Merci, maman, dit Matsuko dans son cœur. Sa mère vivait depuis plusieurs années chez sa fille aînée, la sœur de Matsuko, à Shizuoka. Cela faisait six mois qu'elle ne quittait plus le lit. Peu à peu, elle n'avait même plus ouvert les yeux, puis elle s'était éteinte. Quatre-vingt-huit ans. C'était triste, bien sûr, mais à peine. Car à cette tristesse, Matsuku s'était préparée depuis six mois. Et puis, tous ces tubes qui lui sortaient de partout et la reliaient à cette machine au bruit sinistre, cela lui faisait surtout mal. C'était fini et c'était presque un soulagement.

La dernière fois qu'elle avait parlé avec sa mère, sauf erreur, c'était à propos de Shun. Comment va Shun, lui avait demandé sa mère. Ma foi, je ne sais pas, avait répondu Matsuko.

Shun n'est pas venu à la veillée funèbre, ni à la cérémonie. C'est bien son genre, Matsuko s'y attendait.

Matsuko est retournée travailler à La Maison de Coco un jour plus tôt que prévu, malgré les jours de congés qu'elle avait déposés.

— Tiens ? Matsuko ?

— Ah, Matsuko ? l'ont accueillie Kôko et Ikuko, avec un temps de décalage.

Puis le silence. Sans doute cherchaient-elles les mots à prononcer en de telles circonstances. Je connais cette sensation, s'est dit Matsuko. Quand Shun s'était marié, autour d'elle, il lui avait fallu endurer le même type de réaction.

— Pourquoi vous faites cette tête ? C'est ma mère qui est morte, pas moi, bougonne-t-elle.

Les deux acquiescent du menton.

— C'est bien vrai. Toi, tu es toujours vivante, c'est tout ce qui compte.

Ça, c'est Kôko.

Ikuko, elle, c'est :

— Tu dois être fatiguée. N'en fais pas trop, surtout.

— Qu'on en fasse trop ou pas, ce qui est sûr, c'est qu'on ne peut pas vivre sans travailler.

Les mots sortent pour ainsi dire tout seuls. Matsuko a parfois l'impression qu'on la traite comme une gamine ici. Ce n'est pas parce qu'elle est la plus jeune… Pour le dire autrement, elle a découvert ce que signifie se faire dorloter depuis qu'elle travaille à La Maison de Coco. Doit-elle s'en réjouir ou s'en plaindre ?

Quoi qu'il en soit, c'est terminé pour les formalités, et La Maison de Coco retrouve immédiatement son atmosphère laborieuse. Le bruit du grand couteau à légumes, la vapeur qui monte des marmites, le grésillement du grand wok à braiser. C'est tout cet ensemble qui forme, en couches superposées, l'atmosphère de la cuisine familière. Ce n'est pas parce que je suis de retour que la cuisine a retrouvé son aspect quotidien, se dit

Matsuko, au contraire : c'est pour me retrouver moi-même que j'ai écourté mes congés.

Qu'il est bon d'avoir un endroit où se retrouver ! Même s'il faut se forcer un peu pour le dire, Matsuko doit le reconnaître. Même si ces trois femmes aux faces luisantes de sueur, aux cheveux qui empestent le shôyu, ça manque un peu d'énergie masculine. Et même si dans un coin de ma tête, je m'imagine encore qu'il existe quelque part un endroit où je pourrai toujours aller, un jour.

D'ailleurs, Matsuko ne s'est pas encore tout à fait retrouvée. Ce n'est pas exactement la Matsuko de d'habitude qui demande, tout à trac, en émincant des feuilles de navet blanc :

— Dites, le menu de Noël est fixé ?

Kôko et Ikuko en gardent leurs gestes en suspens et se tournent vers Matsuko avec de grands yeux ronds.

Ah, flûte, pense Matsuko, je suis censée être contre cette idée de menu de Noël. J'avais oublié.

— … Bon, parce qu'il va falloir encore cette année en passer par cette mascarade, je suppose. Alors il vaudrait mieux être prévenue à l'avance, s'il y a des choses à préparer… ajoute-t-elle pour sauver les apparences.

Kôko et Ikuko échangent un regard et acquiescent comme s'il ne s'était rien passé.

— Cette année, on se disait qu'on pourrait faire du poulet à la chinoise, entame Kôko.

Ikuko prend la relève :

— Oui, oui, justement, on en parlait hier, n'est-ce pas ? Avec du shôyu et un peu d'ail. Doré à l'huile de sésame, ça pourrait être pas mal. Ça va bien en accompagnement du riz, en plus. Qu'est-ce que tu en dis, toi ?

Ah oui, pourquoi pas. Ça risque d'être bon, pense Matsuko, mais elle ne va pas le dire de but en blanc, ça ne lui ressemblerait pas. Croit-elle, du moins.

— Du poulet ? Pas très original, répond-elle avec une grimace. Le poulet, on devrait laisser ça à Kentucky Fried Chicken. Parce que ceux qui associent la volaille à Noël, ils s'en moquent pas mal que le poulet soit à la chinoise ou à la française. Moi, je crois qu'on devrait faire preuve d'un peu plus d'originalité, cuisiner quelque chose qui nous ressemble.

Les deux autres continuent à hocher la tête pour éviter toute controverse, oui, oui, bien sûr, comme un tigre en papier mâché, retrouvant enfin une expression qui dit « et c'est reparti » ou « jamais contente »…

Juste ce qu'il faut pour rassurer Matsuko : son personnage tient toujours.

Noël.

Effectivement, Noël, c'est un problème.

D'abord, parce que cette année, pour une fois, elle voudrait bien éviter de passer le réveillon avec Kôko à La Tempête. Chaque année, elle espère, et chaque année c'est reparti pour « à La Tempête avec Kôko ». Mais cette année, c'est niet ! Il faut absolument qu'elle se trouve un projet pour éviter ça.

— Matsuko, on passe à La Tempête ?

— Non.

Aïe. Elle n'était pas obligée de répondre sur ce ton. C'est d'y avoir pensé toute la journée. Surtout que ce n'est pas le réveillon de Noël. Ce soir, elle serait bien restée boire avec Kôko, en fait.

— Ah bon ? Eh bien, je vais peut-être rentrer sagement à la maison, moi aussi…

Kôko n'insiste pas. Cette façon de renoncer tout de suite à son invitation, c'est sa délicatesse à elle, se dit Matsuko. Il faut dire ce qui est : Kôko est peut-être faraude, rentre-dedans, oppressante, elle n'a aucun goût en matière vestimentaire, mais elle a aussi ses bons côtés.

— Je dois aller quelque part, aujourd'hui.

Il est un peu tard pour tourner casaque et dire : « Ah ben finalement, si, je vais boire avec toi. » Alors, pour éviter les complications, Matsuko les quitte la première, part dans la direction opposée à celle de d'habitude et, histoire de sortir le plus vite possible de leur champ de vision, se met en quête d'une supérette dans les parages. Dans la première qu'elle trouve, elle joue des coudes pour écarter les jeunes qui lisent sans acheter et se fraie un chemin jusqu'au présentoir pour feuilleter les magazines l'un après l'autre. Elle en choisit plusieurs. Puis elle passe au rayon cosmétiques, et après plusieurs minutes à regarder la gondole d'un œil vide, prend un rouge à lèvres à peu près rouge. Après avoir payé ses magazines, son rouge à lèvres et un yaourt à boire, elle fait comme d'habitude un détour pour rallonger et rentre chez elle.

Elle traverse l'épais bosquet devant la maison de ses propriétaires et monte à l'étage par l'escalier extérieur, au fond de la parcelle. Le bâtiment s'appelle Casa Doliade. D'où peut bien venir ce nom ? Matsuko l'ignore. Elle y a emménagé peu après avoir trouvé son emploi à La Maison de Coco, autrement dit, elle y habite depuis pas loin de dix ans maintenant. Les propriétaires, un couple âgé, occupent le bâtiment principal, mais elle n'entretient aucune relation avec eux au-delà d'un signe de tête pour leur dire bonjour quand elle les croise. Et c'est très bien comme ça. Pour ce qui est des relations à ménager, elle a bien assez à faire avec Kôko. Déjà, des propriétaires qui acceptent une locataire célibataire d'âge mûr sans faire de chichis, c'est suffisamment rare pour qu'ils aient droit à toute sa reconnaissance.

Une cuisine de quinze mètres carrés et une chambre d'à peu près la même superficie, six tatamis, plus une improbable pièce de deux tatamis, la distribution de l'espace est assez atypique, mais elle n'a jamais invité personne à venir chez elle, pas plus Kôko qu'Ikuko ou qui que ce soit d'autre. Il n'empêche que tout est impeccablement rangé et d'une propreté irréprochable, à la limite du morne et de l'insipide.

Quand elle a quitté sa famille pour vivre seule, sa mère lui a fait cette recommandation : « Aie toujours ta maison rangée, pour ne pas avoir honte de faire attendre quelqu'un dans l'entrée pendant que tu caches ton capharnaüm en vitesse. »

C'était il y a trente-cinq ans, ça lui est resté comme une obsession.

En cette saison, elle a installé une petite table chauffante dans la pièce de deux tatamis.

Matsuko branche la table chauffante et s'installe sous l'édredon vert émeraude qu'elle a tricoté elle-même, en compagnie de ses magazines et de son yaourt à boire. Avec la table chauffante et Matsuko, la pièce de deux tatamis est pleine comme un œuf, mais c'est ça qui lui plaît, cette étroitesse, elle y trouve le repos. Dès qu'elle s'est réchauffée, elle boit le yaourt froid en parcourant ses magazines.

Un cadeau fait main à offrir à cette personne spéciale qui adore Noël.

Un dîner parfait pour un réveillon à la maison.

Préparatifs de Noël en Scandinavie.

Et ainsi de suite.

Tous présentent au moins un ou deux articles « spécial Noël ». Elle a sélectionné exprès des magazines de ce genre. Elle scrute d'un œil sévère tous ces articles, en se demandant ce qu'elle saurait faire. Non pas d'un point de vue technique, tout est extrêmement basique : tricoter une écharpe en grosse laine à emballer dans un papier cadeau orné de pères Noël avec une carte où est écrit *Dehors, tu dois avoir si froid*, ou un gâteau qui ne fait pas grossir, carottes et sucre noir, dans un papier cadeau rustique à donner en disant « Merry Christmas » avec un sourire engageant et néanmoins sans ostentation… Mais en serait-elle capable, tout simplement ?

Non.

Il lui a fallu une petite heure pour parvenir à cette conclusion.

A vrai dire, elle n'avait pas besoin d'une heure pour le savoir.

Tout ça, se dit Matsuko, toutes ces choses mignonnes, ces joliesses féminines, c'est pour celles à qui la vie a fait les promesses qu'il faut à la naissance.

Le lendemain, Matsuko a écarquillé les yeux en voyant arriver Susumu de chez « Kotobuki, le riz ». Aujourd'hui, il ne venait pas pour le riz, mais pour présenter le nouveau calendrier promotionnel de son employeur. Un rapide coup d'œil au calendrier en quadrichromie qui détaille mois par mois « les plats de riz du monde entier » a suffi, mais elle en a profité pour faire passer à Susumu une inspection de détail.

Beau gosse. C'est un fait. Un beau jeune homme, plus exactement. Pas le genre des beaux gosses de maintenant avec leurs façons olé-olé. Un visage régulier et droit. Le beau garçon à l'ancienne, plutôt, ce qui explique sans doute pourquoi lui-même n'a pas l'air d'en avoir conscience, ce qui ajoute à son charme.

Grand et mince. Sportif, certainement. Pas timide, mais pas roublard non plus, une façon de parler franche et bien timbrée. On sent une forte présence maternelle derrière son éducation.

— Euh… oui ? demande Susumu avec un sourire gêné.

Matsuko lui rend son sourire, en faisant de son mieux pour qu'il ne soit pas trop lubrique. Un bon gars, sûr, se dit-elle. Bien mieux que Shun. Manifestement mieux. D'accord, ce qui est surtout manifeste, entre lui et moi, c'est la différence d'âge, et alors ? Puisque de toute façon, il ne sera jamais à moi, qu'est-ce que ça change ? Je peux bien échanger Shun contre lui, cela ne porte pas préjudice à « Kotobuki, le riz », que je sache ?

Il n'y a pas que Shun dans le monde. Des hommes mieux que Shun, ce n'est pas ce qui manque. Mieux extérieurement. Et même intérieurement. A foison, il y en a. C'est cela qu'il faudrait que je regarde un peu plus, dorénavant.

— Toi qui es jeune, tu n'as rien contre la cuisine italienne, je suppose ?

— Rien du tout, même.

— Et tu aimes les pêches ?

— J'adore les pêches !

— Alors, attends une seconde.

Matsuko retourne en cuisine, vide le contenu d'une casserole dans une assiette et revient à la porte de service. Ce sont les *sômen* aux pêches qu'elle a cuisinées un peu plus tôt. Des vermicelles en sauce aux pêches, plus exactement, mais qui se veulent la réincarnation des *momo sômen* de sa mère. Elle a fait une recherche sur Internet. En tapant *momo sômen* – Non mais, qu'est-ce que vous croyez ? Bien sûr qu'une célibataire de soixante ans possède un ordinateur, même qu'elle se débrouille pas mal –, elle est tombée sur la recette.

— Tiens, goûte-moi ça et dis-moi ce que tu en penses.

— D'accord.

Sans la moindre appréhension, Susumu plonge la fourchette qu'elle lui a donnée dans les vermicelles et en porte une bouchée à ses lèvres.

Oh, pas mal. Pas mal… approuve intérieurement Matsuko. A tous les coups, Shun, lui, aurait commencé par poser un tas de questions. Peut-être même aurait-il refusé de goûter. Ah, mais catégoriquement mieux ! Même s'il sait qu'il est payé pour ça, d'une certaine façon, parce que le rôle de goûteur de plats de ses clients traiteurs fait indubitablement partie des fonctions d'un livreur de riz.

Susumu avale une première bouchée, les sourcils se froncent. Il en reprend une seconde.

— Il y a un petit goût aigre-doux… avance-t-il, puisqu'on lui a demandé de dire ce qu'il en pensait. Ça se mange quand ?

— Quand ?

Matsuko fait semblant de réfléchir. Kôko et Ikuko lui ont posé exactement la même question tout à l'heure.

— Je veux dire… Ça se mange en plat principal ? Ou en dessert ?

— Ah, je vois…

Matsuko opine. Pour rien. Juste comme ça. Pour tout avouer, elle non plus n'en sait trop rien. Les *momo sômen* de sa mère avaient un goût sucré. Faut-il le prendre comme un signe que le plat rentre plutôt dans la catégorie des desserts ? La recette que Matsuko a consultée ajoutait des tomates, du jambon cru et de l'ail, et quelque chose lui dit que c'est certainement plus proche de la recette authentique. Le résultat, comme le dit Susumu, est « aigre-doux », et avec l'ail qui se marie au goût des pêches, difficile de considérer cela comme un dessert. Est-ce à dire que cela rentre dans la catégorie des *pasta carbonara* et autres *peperoncino* ? Hum, elle ne le jurerait pas non plus.

— … Ma foi, c'est à la liberté de chacun, finit-elle par répondre.

La liberté ? Tout de suite les grands mots, vous êtes sûre ? semble dire la tête de Susumu avec un acquiescement circonspect.

— Ce n'est pas mauvais, mais on ne peut pas dire que ce soit un plat grand public, n'est-ce pas ? intervient Ikuko qui s'est approchée par-derrière.

Matsuko se retourne et la foudroie du regard, mais Ikuko fait celle qui n'a rien vu.

— Nous faisons des essais pour le menu de Noël. Tu aimes le poulet, Susumu ?

— Ah, j'adore le poulet !

— Parce que, qui dit Noël, dit poulet, pas vrai ?

Ikuko a pris Matsuko à contrepied et pouffe de rire.

Que… Voyons, Ikuko…

Non mais vous l'avez vue, celle-là, avec son air à qui on donnerait le Bouddha sans confession ?

La situation donne comme un coup de fouet à l'esprit combatif de Matsuko.

— Ce plat, c'est un souvenir personnel, il me vient de ma mère, murmure-t-elle avec un air d'un indicible pathos qui la surprend elle-même. Ma mère qui est morte l'autre jour.

Ah bon ? Ah…

Le visage de Susumu devient immédiatement grave, et c'est au tour d'Ikuko de foudroyer Matsuko du regard. Matsuko serre mentalement le poing de la victoire, quand le téléphone de la boutique se met à sonner.

— Matsuko ! C'est pour toi ! crie Kôko d'un ton chantant.

Le snack-bar La Tempête est tenu par un couple de cinquantenaires, Nobiru et Utako.

— Oh, oh ! Depuis tout ce temps ! dit Nobiru en secouant son grand corps, une main en l'air, quand il aperçoit Matsuko qui entre à la suite de Kôko.

— Pas *si* longtemps que ça, n'exagérons rien, répond froidement Matsuko, avant de s'asseoir avec Kôko à leur place habituelle, à gauche au bout du comptoir.

— Nobi-chan ! Champagne, ce soir ! Champagne ! annonce Kôko d'une voix suraiguë.

— Hein ? Champagne ? s'exclament de concert Nobiru et Utako, qui sont au courant pour la mère de Matsuko.

— Mais si, mais si. Aujourd'hui quelque chose de grandiose est arrivé à Matsuko. Enfin, plutôt que de se morfondre sur la mort de nos proches, nous autres, on préfère se réjouir d'être en vie, on n'a pas raison ?

L'appel à approbation de Kôko rencontre un rictus mi-figue mi-raisin de la part de Matsuko. Le téléphone, c'était Shun. Pour s'excuser de n'être pas venu à la veillée funèbre ni à la cérémonie des funérailles de sa mère, il voulait l'inviter à dîner.

— Et vous savez comment ça a fini ? Il vient chez elle !

Nooon ? Incroyable, commentent Nobiru et Utako en ouvrant de grands yeux.

Et tout le bar, c'est-à-dire les quelques clients présents, d'applaudir.

Car, grâce à la discrétion proverbiale de Kôko et à sa voix à longue portée, tout le monde connaît les secrets de la vie privée de Matsuko.

Comme toujours, Matsuko boit en silence. Elle ne parle presque pas. Elle regarde Kôko brasser beaucoup d'air, aussi bien avec les patrons qu'avec les autres habitués du bar, se contentant pour sa part d'un mot ou deux de temps à autre, généralement des pointes ou des répliques acérées. Elle commence à la bière (enfin, aujourd'hui, c'est au champagne), une seule, qu'elle boit à petites gorgées, puis enfile les verres de shôchû coupé d'eau chaude, avec une prune salée.

Jusqu'à ce que frappent les douze coups de minuit.

Elle a terminé son troisième shôchû à l'eau.

— Kôko…

Matsuko posa son verre vide sur le comptoir.

— Alors comme ça tu m'abandonnes, Kôko…

Il n'y a qu'ici, à La Tempête, que Matsuko appelle Kôko « Kôko ».

— Je ne t'abandonne pas, qu'est-ce que tu racontes ? D'ailleurs, qu'est-ce que tu veux dire par là ?

Et ha ha ha ha.

Kôko éclate de rire. Le refrain est bien connu, elle est habituée. Les autres clients n'y font même plus attention.

— Bah oui, jusqu'à présent…

Il y a comme des sanglots dans la voix de Matsuko.

— Jusqu'à présent, tu as toujours passé le réveillon de Noël avec moi, non ?

— Oui, mais que veux-tu… Moi aussi je voudrais bien, comme toujours, mais puisque cette année, tu passeras le réveillon avec ton chéri…

Kôko y met les formes, avec délicatesse. Mais, subodorant qu'un élément nouveau va montrer le bout de son nez entre deux nuages, plusieurs clients commencent à tendre l'oreille.

— Ça n'a rien de certain, lâche Matsuko dans un sanglot.

Bingo !

Matsuko ravale une larme.

— Ce ne sont que des mots. C'est toujours pareil. Il n'est pas venu la voir à l'hôpital, il n'est pas venu à la veillée funèbre, il n'est pas venu à la cérémonie de funérailles. Il avait dit qu'il viendrait, et il n'est pas venu. Il dit des jolies choses sur le moment mais ne concrétise jamais.

— Mais bon, cette fois, c'est la bonne, ça existe aussi, n'est-ce pas ? Maintenant que ta mère est décédée, ton chéri va commencer à réfléchir sérieusement, non ?

— Tu crois ça, toi ?

Matsuko relève son visage inondé de larmes et de morve.

Mais oui, mais oui.

Kôko tapote l'épaule de Matsuko.

Et sur le même rythme, le snack-bar La Tempête au grand complet opine du menton : Mais oui, mais oui.

Le soir de Noël, Matsuko a quitté La Maison de Coco vers neuf heures du soir, environ une heure plus tôt que d'habitude.

C'est Kôko et Ikuko qui l'ont mise dehors. En principe, Ikuko ne sait rien, mais il y a bien eu cet appel à la boutique la veille, et puis, à l'attitude de Kôko, il y a fort à parier que celle-ci lui a tout raconté. Que peut-on y faire, de toute façon ? Elle ne lui a jamais demandé de garder ces choses-là pour elle et il suffit de voir Matsuko à La Tempête quand elle a un coup dans le nez pour se dire que, du point de vue de Kôko, son histoire avec Shun est un secret très partagé. Matsuko elle-même sait tout ce qu'elle raconte en pleurant dès qu'elle est grise. Chaque fois, elle se dit, non, ce soir, non, je ne pleurerai pas, et elle finit en pleurs, ça ne rate jamais. Pourquoi cela finit-il toujours comme ça, elle ne comprend pas.

Kôko et Ikuko sont encore en plein rangement, elles ne sortiront pas de sitôt. Et pourtant, comme d'habitude, Matsuko n'arrête pas de se retourner. Parce qu'elle marche dans la direction opposée à son appartement. Elle arrive devant la gare. Remontant la foule qui arpente la galerie marchande illuminée de lumières colorées en forme de cloches et de rennes, elle entre dans un Kentucky Fried Chicken.

— Mat-chan ! Ici ! Ici !

Shun est déjà arrivé. L'intérieur du fast-food est décoré de rouge, vert et or, mais c'est la première fois de sa vie que Matsuko entre dans un Kentucky Fried Chicken, elle ne saurait dire si ce sont des décorations de Noël ou les couleurs habituelles de KFC. Tout au fond, derrière une table de jeunes très bruyants et dont l'âge moyen est inférieur à celui de Matsuko divisé par trois, Shun agite la main d'un geste nonchalant. Une boîte qui doit contenir des pilons de poulet trône sur la table.

— C'est le menu spécial Noël. Je l'ai commandé dès que je suis arrivé, de peur qu'il n'y en ait plus ensuite, explique Shun, l'air tout fier. Il a cinquante-huit ans, soit deux ans de moins que Matsuko. Et comme il a gardé son visage de jeune homme, il paraît encore moins. Plutôt petit, en fait à peine de la même taille que Matsuko, qui est plutôt grande pour une femme. Même si, depuis peu, quelques cheveux blancs se sont glissés dans sa chevelure, celle-ci est toujours abondante, coupée net au-dessus des oreilles, ce qui lui donne l'air de porter une chapka, ces chapeaux russes en fourrure.

— Qu'est-ce que tu bois, Mat-chan ?

Elle allait demander s'il n'y avait pas de bière, mais elle ravale sa question en apercevant le grand verre de Coca-Cola devant Shun.

— Un Coca, dit-elle.

Shun se lève précipitamment et s'avance vers le comptoir pour en acheter un.

— Désolé de ne pas avoir pu venir aux funérailles de ta mère, dit Shun en lieu et place d'un *Kampai !*, santé. Je n'ai pas pu finir mon travail à temps, tu comprends.

— Mais après, tu es allé brûler un bâton d'encens ?

— Hein ? Euh… non, non, je n'y suis pas allé, bafouille Shun.

— Ah bon ?

Elle n'insiste pas, mais sa sœur aînée lui a dit au téléphone qu'à peine Matsuko était-elle repartie à Tokyo, comme s'il l'avait prémédité, Shun était venu à la maison de famille brûler un bâton d'encens. Pourquoi ne sait-il que débiter des mensonges qui s'écroulent d'eux-mêmes à la première question, cet homme ? Elle pousse un lourd soupir intérieur.

Un silence suit. Shun tend une main vers un morceau de poulet, Matsuko fait pareil. Elle a grignoté les invendus avec Kôko et Ikuko après la fermeture tout à l'heure, elle n'a donc absolument pas faim, mais elle mord dans un pilon pour faire comme Shun. Tout en mâchant son poulet, Shun se dépêche d'afficher un sourire sur son visage dès que leurs regards se croisent.

— Comment ça se passe, ton travail ? Je veux dire, occupée, j'imagine, pour Noël ?

Ma foi, assez, répond Matsuko.

— Cette année, on a fait du poulet à la chinoise pour le menu de Noël. Saveur shôyu et ail. Avec du riz, tu vois ? Pour les Japonais, un repas, ça commence quand il y a du riz, tu sais bien.

Shun approuve à grands coups de menton, l'air rassuré que la conversation se déroule sans accrocs. Evidemment, ce n'est pas exactement la conversation que rêverait d'avoir Matsuko.

Que faisons-nous ici ? Tu avais promis de venir chez moi. Pourquoi a-t-il fallu que tu attendes la fin d'après-midi pour me téléphoner que tu m'attendrais au Kentucky Fried Chicken ? Un homme de cinquante-huit ans et une femme de soixante qui fêtent le soir de Noël dans un KFC, ça ressemble à quoi, d'après toi ?

C'est ça qu'elle voudrait lui dire, mais elle ne peut pas. Le sujet sur le poulet à la chinoise ayant fait son temps, un nouveau silence tombe, mais elle ne peut toujours pas. Shun pioche un deuxième pilon de poulet. Matsuko ne suit pas, cette fois. Du sac en papier qu'elle avait à la main, elle sort un paquet.

— Tiens, un cadeau de Noël.

— Hein ?

Shun a une réaction de recul.

— Mais, désolé, moi je n'ai rien préparé.

— Ne t'inquiète pas. Ce n'est pas grand-chose, tu verras.

Shun ne tend même pas les mains pour recevoir le cadeau de Matsuko. Elle le pousse vers lui.

Alors il l'ouvre, bien obligé, avec des gestes très hésitants.

— Hein ?

Son « hein ? » a une tonalité quelque peu différente des précédents.

— Qu'est-ce que c'est ?

— Des *momo sômen*.

Heureusement qu'elle n'est pas ivre. Si elle avait bu, à tous les coups, elle s'effondrerait en pleurs. Comme elle n'est pas ivre, au lieu de pleurer, elle rit.

— C'est une blague ! Ce n'est pas un cadeau de Noël, ce sont les restes d'aujourd'hui. Une recette que j'ai testée. Et ratée.

— Qu'est-ce que ça veut dire ?

Comme s'il était rassuré, Shun se met à rire, lui aussi. Enfin, il ouvre le couvercle de la barquette en plastique qui contient les « vermicelles en sauce aux pêches ».

Qu'est-ce que c'est que ce truc ? Des *momo sômen* ? Mais c'est quoi, des *momo sômen* ?

Shun ose à peine demander. Il est en pleine panique, comprend Matsuko.

TAMPONS-PATATES

Elle est censée être en deuil. Cela ne l'a pas empêchée de recevoir cinq cartes de vœux pour le Nouvel An.

Du cordonnier de l'endroit où elle habitait précédemment, de la mercerie aussi. Et d'une ancienne camarade du primaire à qui elle n'a pas annoncé le décès de son mari. Cela fait des dizaines d'années qu'elles ne sont plus en contact, à part cet échange de vœux au Nouvel An. Elle ne se souvient même plus de son visage. Ces trois cartes ont été réexpédiées de son ancienne adresse. Il y a aussi une carte de l'agence immobilière qui lui a présenté l'appartement qu'elle occupe actuellement.

La dernière est juste une erreur de distribution. Adressée à une personne qui porte exactement le même nom et le même prénom qu'elle. Une autre Kashima Ikuko habite dans le quartier voisin, il faut croire.

Sur le coup, elle a lu la carte sans vérifier l'adresse. Et même après, même sachant qu'il s'agissait d'une erreur, elle l'a relue et re-relue. Elle la connaît presque par cœur.

Félicitations pour la Nouvelle Année !
Je vous espère tous en bonne santé.
Rien de nouveau en ce qui concerne mon épouse. Je ne peux pas bouger, je suis désolé de ne pas pouvoir venir comme promis.
Rimi doit être jolie, maintenant.

L'expéditeur était un certain Takahata Ichirô. Il avait rédigé d'une belle écriture dans le blanc de la carte imprimée avec le signe du zodiaque de l'année. A son écriture, ainsi qu'au choix des formules utilisées, Ikuko pense qu'il doit s'agir d'un homme de son âge, ou légèrement plus âgé. Ce qui suggère que l'autre Kashima Ikuko a plus ou moins le même âge qu'elle. Rimi pourrait être le nom de sa fille, et au ton de la lettre, on peut supposer que l'expéditeur, le dénommé Takahata Ichirô, est relativement intime avec elle. Que signifie le « rien de nouveau » concernant son épouse ?

Tout en se disant qu'elle devrait glisser cette carte dans une boîte aux lettres puisqu'elle lui était parvenue par erreur, Ikuko s'est laissée aller à imaginer des détails sur les personnages mentionnés dans le texte de la carte. En définitive, elle a remis ça au lendemain, puis au surlendemain, et de fil en aiguille, elle ne l'a pas renvoyée du tout. Et les premiers jours de l'année sont passés, maintenant.

Kôko et Matsuko se chamaillaient à propos d'une recette : seiche ou sériole ?

Ikuko s'est fait une règle de ne jamais intervenir entre Kôko et Matsuko, mais la boutique devait bientôt ouvrir, ce n'était pas le moment. Et comme cela n'en finissait pas, elle s'est approchée pour dire :

— De la seiche, évidemment !

— Ah ! Tu vois ! s'est écriée Kôko.

Matsuko a fait une grimace et posé un regard noir sur Ikuko.

Ikuko a mis les formes pour ménager la fierté de chacune :

— La sériole aussi, c'est bon, je ne dis pas, mais la seiche partira mieux, je pense. Déjà que, les jeunes d'aujourd'hui, il y a des chances que le plat ne leur dise rien, autant assurer la quantité.

Le débat seiche ou sériole, c'était pour savoir ce qui était le mieux, miettes de sériole ou tentacules de seiche, à ajouter à une poêlée de patates douces et ciboule.

— Oh, ça, c'est sûr, la sériole, c'est plus goûteux, avec le gras du poisson qui imprègne bien le tout, dit Kôko, les yeux au ciel.

Seiche ou sériole, évidemment que les deux sont bonnes. Les polémiques culinaires du matin entre ces deux-là, c'est juste l'équivalent des étirements avant une compétition pour des athlètes, histoire de s'échauffer avant le coup de collier.

— N'empêche que dans le premier livre de cuisine que j'ai acheté de ma vie, il y avait une recette de poêlée de patates douces et ciboule, eh bien, c'était avec de la sériole.

— Ah, mais je le connais, ce livre ! s'écrie gaiement Ikuko. Le livre de la cuisine de tous les jours des éditions K., n'est-ce pas ? Moi aussi, je l'ai. Je ne l'ai pas acheté, c'est ma mère qui me l'a offert quand je me suis mariée, il faisait pour ainsi dire partie de mon trousseau. Je peux presque dire que tout ce que je connais en cuisine vient de là.

— Moi aussi. Je l'ai acheté quand je me suis mariée. Les plats essentiels que doit connaître une jeune épouse, oui, oui, je l'avais, moi aussi. Ha ha ha ha ha !

— Bien sûr ! Quels souvenirs ! dit Ikuko avant de soudain se mordre les lèvres en observant Matsuko à la dérobée.

— Eh bien quoi ? Moi aussi je l'ai… dit celle-ci, les lèvres pincées.

La Maison de Coco restait ouverte jusqu'au 30 décembre et rouvrait le 5 janvier après le Nouvel An.

Même pas une semaine de vacances, ce qui n'avait pas empêché Ikuko de trouver le temps long. Sans doute était-ce la même chose pour Kôko et Matsuko, se disait-elle. Elle s'attendait à ce que vienne une proposition pour fêter la nouvelle année toutes les trois chez l'une d'entre elles. Elle était prête à le proposer de son côté, mais, peur de prendre des initiatives ou incertitude sur le fait qu'elles puissent vraiment s'amuser sans retomber dans leur unique sujet de conversation, elle s'était perdue en tergiversations jusqu'à la reprise. Comment les deux autres avaient-elles passé le Nouvel An, en fin de compte ? Personne n'abordait ce sujet.

Il était facile d'imaginer le Nouvel An de Kôko, c'est-à-dire qu'il était très difficile à imaginer. On se disait, non, elle n'était tout de même pas allée chez son ancien mari, sauf que, la connaissant, rien n'était moins sûr. Et Matsuko ? L'avait-elle fêté avec son « chéri », comme disait Kôko ? Puisqu'elle avait passé le soir de Noël avec lui, paraît-il, c'était probable. Sauf que, à son air ou à celui de Kôko le lendemain, le rendez-vous amoureux ne semblait pas avoir été vraiment concluant. Ma foi, elle ne savait pas trop ce que cachait cette histoire, ni de quel bois était fait ce chéri-là. A ce qu'elle captait discrètement des échanges entre Kôko et Matsuko, elles auraient parlé d'un chien ou d'un chat que cela aurait sonné pareil.

Il ne faudrait pas croire qu'Ikuko était particulièrement à l'affût de détails de la vie privée de Kôko ou de Matsuko. Surtout si ce n'était pas concluant. Les histoires qui se passent mal, elle avait assez des siennes, elle n'avait pas vraiment besoin d'accumuler de nouvelles preuves que dans la vie, les choses ne se passent jamais comme vous voulez que ça se passe.

— Ikuko, toi, on voit tout de suite que tu étais une épouse modèle, lui dit soudain, non pas Kôko, mais Matsuko.

Ce qui ne manque pas de la surprendre, car, même sans rien connaître des détails de sa vie privée, elle s'était figuré que les mots « mariage » ou « épouse » étaient à éviter dans les conversations avec Matsuko.

— Oh, au contraire ! Une épouse déplorable.

— Comment ça ? Bonne cuisinière, féminine, et tu devais être bien jolie, j'en suis sûre… Quand tu étais jeune, je veux dire.

On dirait un enfant qui pose des questions à sa mère sur son passé.

Matsuko et Ikuko attendaient le client devant le présentoir. Un peu avant midi. Ça allait bientôt être le coup de feu.

Que répondre à ce genre de question ? se demande Ikuko. Laissons de côté la question de savoir si elle était bien jolie quand elle était jeune, pour ce qui est de la cuisine, du ménage et de tenir la maison, effectivement, elle n'avait rien à se reprocher, et d'ailleurs son mari n'avait jamais émis le moindre reproche à cet égard. C'est bien simple, ils n'avaient pour ainsi dire jamais de dispute, et elle voulait bien croire que les collègues de son mari, ses amis et connaissances la considéraient comme une « bonne épouse ».

Mais elle n'avait certainement pas été une bonne épouse pour Shunsuke, son mari. Elle en était à peu près sûre, et sa réponse spontanée à Matsuko était sincère.

— Qu'est-ce qui t'arrive, Matsuko, tout d'un coup ? dit-elle en riant pour noyer le poisson.

Matsuko lui retourne un petit rire gêné qui rassure Ikuko sur ses intentions. Le premier client de la journée arrive alors à point nommé. Un employé de bureau du quartier.

— Le bentô du jour ? Qu'est-ce que je vous mets comme accompagnement ? demande Ikuko en disposant le riz bien chaud et le porc haché pané dans leurs cases respectives de la boîte à bentô en plastique.

Le bentô du jour, c'est seulement à midi. Riz blanc, bien sûr, un plat principal qui change chaque jour, plus un autre à choisir parmi ceux qui sont dans le présentoir.

— Les patates douces aux tentacules de seiche.

Ikuko et Matsuko échangent un petit sourire. Ça fait plaisir quand un plat que l'on propose pour la première fois a du succès. Ikuko s'en réjouit à l'unisson de ses deux collègues plus aguerries.

— Qu'est-ce qu'il faisait, ton mari ?

Le client ne s'est pas plus tôt éloigné que Matsuko embraye.

Ikuko, de nouveau étonnée, répond :

— Il travaillait dans une librairie. Une grande chaîne nationale, mais il aimait les livres, il était heureux de travailler en rayon. Dès qu'ils l'ont mis dans un bureau, ça lui a pesé.

— Ah oui ?

Matsuko acquiesce, sans qu'on puisse vraiment dire si ça l'intéresse ou si elle s'en fiche.

— Il te manque ? Tu es triste d'avoir perdu ton mari ? lui demande-t-elle après avoir servi le deuxième client.

Ah, voilà, c'est ça.

— Oui, très.

Un peu sec comme réponse, mais puisque c'est la vérité…

Même si ce n'est peut-être pas ainsi que semble l'entendre Matsuko.

— C'est le problème avec les êtres vivants. Ils finissent par mourir… réplique Matsuko avec un sérieux exagéré.

Ikuko a un rire étouffé.

— Je veux dire, c'est ce que répétait ma mère à longueur de temps. On avait un chien, on a eu plusieurs chats aussi, ils finissaient tous par mourir. Ils mouraient avant nous. Si c'est pour être triste à chaque fois, autant ne plus en avoir, n'est-ce pas ? Mais on finissait toujours par récupérer un chat abandonné, ajoute Matsuko pour corriger le tir.

— Oui, oui, c'est sûr, répond Ikuko, en prenant un air plus sérieux, cette fois.

— Celui qui part le premier y gagne, c'est sûr.

Matsuko réfléchit un instant.

— C'est pour ça qu'il vaut mieux ne pas avoir d'animal, non ?

Arrivent les clients numéros 3 et 4. Cette fois, c'est parti pour de bon.

Les cinq cartes de Nouvel An sont alignées sur le rebord de la fenêtre devant la vue sur le parc. Pour les avoir devant les yeux le soir, quand elle boit sa bière.

Comme dit le proverbe, même un arbre mort met de la vie dans le paysage. Même des cartes de vœux à contretemps, c'est mieux que rien, il n'y a pas d'offense. Si ? Les cartes de vœux des magasins, imprimées, arboraient un texte standard. *Félicitations pour la Nouvelle Année. Merci infiniment pour votre soutien tout au long de l'année dernière. Cette année également, nous comptons sur votre concours et votre haute bienveillance.* C'en était presque comique. Ma haute quoi ? Et de quel soutien parlent-ils ? Ikuko adresse un rire étouffé à un personnage imaginaire supposé se tenir au-delà des cartes, derrière la vitre.

Elle ne recevrait plus guère de cartes de Nouvel An, même quand l'année de deuil serait passée et de moins en moins chaque année. De toute façon, la plupart des cartes qu'ils recevaient avant étaient adressées conjointement à son mari et à elle, aussi n'avait-elle pas trouvé utile d'informer grand monde de son déménagement.

Il n'y avait pas de quoi se sentir triste, bien sûr. Une carte de vœux n'est pas grand-chose, il faut être naïve pour se sentir triste de ne pas recevoir un de ces bouts de carton. Mais à la fin de l'année, elle avait eu un petit pincement au cœur à la pensée que cette année, elle n'aurait pas l'occasion de fabriquer des tampons-patates pour ses cartes de vœux.

Ikuko laisse de nouveau échapper un petit rire. Les tampons-patates… Elle y tenait donc tant que ça, à son rite annuel de faire des cartes de vœux originales avec des tampons-patates ? Il y avait de quoi rire. Depuis son mariage, pas une seule année elle n'avait négligé de confectionner des tampons en patate douce pour imprimer ses cartes de vœux à la main. Ah si, une seule fois, l'année où leur fils était mort. C'était ce souvenir qui faisait que l'idée de ne pas pouvoir faire des cartes de vœux pour cause de deuil la rendait triste. Et qui lui donnait l'impression funeste que, puisque cette année elle n'en avait pas fait, elle n'en ferait pas non plus l'année suivante. Quelque chose qui disparaît de votre vie, c'est toujours triste. D'autant plus triste qu'il s'agit d'un détail insignifiant, peut-être.

Le tube fluorescent clignote. Depuis quelques jours, il y a un problème. Elle a essayé de le changer, mais c'était trop dur, elle n'a pas réussi à le faire sortir de son logement et a finalement abandonné. Ikuko passe dans la chambre à coucher, sa troisième canette de bière à la main. Sur la deuxième étagère de la bibliothèque en partant du bas, à côté des photos de son mari et de son fils et de leur gobelet, maintenant, il y a un petit bonsaï. Enfin, bonsaï, c'est vite dit. Un de ces trucs qu'on vend de nos jours sous le nom de bonsaï, un petit plant de *nandina domestica* dans un bol à café au lait beige clair. Pas d'offrande de gâteau de riz pilé ni de décorations traditionnelles cette année, deuil oblige, mais elle avait tout de même voulu marquer le coup, évoquer le Nouvel An d'une façon ou d'une autre, c'est pour cela qu'elle avait acheté ce bonsaï qu'elle avait vu dans la vitrine du fleuriste, non loin de La Maison de Coco. Et cette fois, ce n'est pas Shunsuke qui se moquerait d'elle et de ses goûts de midinette.

Comme d'habitude, elle remplit les deux verres de bière.

— A la santé des tampons-patates ! dit-elle, juste pour voir.

Ça va. Elle n'est pas encore si soûle que ça. Sa voix ne sonne pas *trop* gaie. Les tampons-patates, c'était toujours son mari qui lui rappelait qu'il était temps de s'y mettre. C'est bientôt le moment, non ? disait Shunsuke, dès que la mi-décembre était passée. Pour que les cartes soient distribuées pile le 1er janvier. C'est lui qui fixait le jour de la fabrication des cartes de vœux.

Ce qu'il y a de bien avec les tampons-patates, c'est que même si vous n'êtes pas douée en dessin, même si vous êtes nulle en travaux manuels, il est facile d'obtenir un résultat charmant, ou du moins qui ait du goût. Vous achetez quelques patates douces, vous les sectionnez au bon endroit pour les tenir bien en main. Déjà, c'est très amusant de réfléchir à un motif à graver, en miroir, bien sûr. Il y a le motif de l'animal du zodiaque chinois de l'année qui vient, c'est le plus classique. Mais on peut aussi dessiner une fleur de saison, c'est-à-dire une fleur de prunier, ou des houppettes d'aiguilles de pin. Ou alors des caractères chinois, des formules de bon augure pour souhaiter une bonne année et un bon départ pour le printemps qui vient. Ensuite, on prépare deux ou trois couleurs de gouache sur une assiette et on encre copieusement le tampon-patate avant de l'appliquer sur les cartes de vœux vierges. Puis on fait sécher les cartes bien à plat sur la table. Une fois sèches, Shunsuke les ramassait et les emportait, « parce que les gens attendent leur carte chaque année ». Ce n'était pas un beau parleur, cet homme, mais il lui arrivait, de temps à autre, de faire des sentences.

Mais…

Oui, chaque année, Ikuko décorait des cartes avec des tampons-patates, que son mari allait poster. Mais je ne peux pas croire qu'il ne s'en soit jamais douté. Que je le haïssais à ce point.

Elle sort le cure-oreille du tiroir, frappe les deux verres et entonne *La chanson du tampon-patate*. Sans enthousiasme excessif. Elle ouvre sa quatrième canette. Demain, j'inviterai Susumu à sortir avec moi, tiens, se dit-elle.

— D'accord, pas de souci, avait accepté Susumu sans la moindre difficulté. Demain à quelle heure ? Onze heures ? Parfait !

Personne n'était venu s'interposer cette fois-là, mais à peine s'était-elle retournée après avoir raccompagné le livreur à la porte qu'elle s'était retrouvée nez à nez avec les regards assassins de Kôko et Matsuko. Elle avait dû faire un pas de côté pour ne pas perdre l'équilibre.

— Eh bien, quoi, ce n'est pas de ma faute si je n'ai personne d'autre à qui demander…

— Changer un tube fluorescent, si tu me l'avais demandé, j'aurais très bien pu le faire, moi ! a répliqué Kôko.

— Ah non, c'est impossible. C'est complètement coincé. Sans compter que vous êtes plus petites que moi, vous savez bien, vous n'arriveriez pas à l'atteindre.

— Et le patron de La Tempête ? Ou le marchand de tôfu ? Ce ne sont pas les hommes qui manquent, tout de même.

— Eh bien, si n'importe quel homme fait l'affaire, pourquoi pas Susumu-kun, hein…

Matsuko a échangé un regard avec Kôko.

— Non mais tu l'as entendue ? Susumu-kun, elle l'appelle, maintenant.

— Et si je ne l'appelle pas Susumu-kun, comment voudrais-tu que je l'appelle ?

— Susumu-chan, par exemple, répond Kôko.

— Le livreur de riz, répond Matsuko.

— Bah, pourquoi pas Susumu-kun ? a répliqué Ikuko.

Et il faut dire ce qui est, ces échanges sur le fil de la lame, elle n'aurait pas cru y prendre autant de plaisir.

Les patates douces sautées aux tentacules de seiche connaissent un beau succès.

Surtout auprès des personnes âgées, il fallait s'y attendre. Oh, ça fait longtemps que je n'en avais plus mangé ! s'étaient écriés plusieurs clients. Un monsieur est même revenu le lendemain et en a repris en disant : « On l'oublie souvent, mais préparées de cette façon, les patates douces, c'est un vrai légume ! » Tout ça pour dire qu'actuellement le plat est tous les jours au menu. Mais aujourd'hui, ce qui est le mieux parti, c'est le chou chinois farci. Porc et poulet hachés roulés dans une feuille de chou chinois, le tout mijoté dans un bouillon chinois à la crème. L'*oden*, qui ne quitte pas l'affiche depuis l'automne, marche toujours bien, lui aussi.

Kôko ne manque pas une occasion d'affirmer que ses *ganmodoki* ne sont pas étrangers au succès de l'*oden*. Mais pour Ikuko, il doit y avoir une autre raison pour expliquer que Kôko continue jour après jour à confectionner ses *ganmodoki*. Quelle raison ? Ikuko serait bien en peine de le dire, et d'ailleurs, elle préfère ne pas le savoir. Les lubies, ça augmente avec l'âge, ça ne peut être que ça.

A part ça, poêlée de pommes de terre nouvelles et saucisses au couteau, salade de *mizuna* et seiche, tendons de bœuf et radis blanc, huîtres panées, et quelques autres. Le riz cuisiné du jour est aux feuilles de radis avec de la petite friture. A midi passé, Ikuko se trouve derrière le présentoir en verre, quand Matsuko vient la rejoindre.

— Ikuko, tu es une fonceuse, dis donc.

Et voilà comment on se fait attaquer par le flanc. Elle s'était bien demandé ce que venait faire Matsuko, vu qu'il n'y avait pas d'attente.

— Eh bien, disons qu'à nos âges, on n'est pas sûres de vivre encore longtemps, alors ce n'est pas le moment d'hésiter, répond Ikuko.

— Bouh ! On ne dit pas des horreurs pareilles !

Matsuko fait semblant de rectifier la position du panier qui contient les cartes de visite de la boutique sur le présentoir.

— En principe, une femme qui a perdu son cher et tendre il y a moins d'un an, c'est un peu moins entreprenant, il me semble.

— De quoi je me mêle, mmm ?

— J'avais cru comprendre que ça t'avait laissé un gros cafard ?

— Un gros cafard, exactement, c'est pour ça que je fonce.

La réplique se voulait juste la réponse du berger à la bergère, mais en y repensant, peut-être y avait-il plus de vérité qu'elle n'avait cru y mettre.

— Je ne vois aucune cohérence entre ce que tu fais et ce que tu dis, il n'y a rien à en tirer.

— Ah bon ? Parce que tu avais l'intention d'en tirer quelque chose, peut-être ?

— Ouh là, laisse tomber, laisse tomber !

Ikuko se met à rire et interpelle Matsuko qui bat en retraite dans la cuisine.

— A propos, Matsuko-san, là où tu habites, c'est déjà le district de D., n'est-ce pas ?

— Exact, mais je n'ai pas compris le « à propos », là… répond Matsuko en se retournant, les sourcils froncés.

— Ouaaah ! Ce que ça sent bon !

Susumu était arrivé à l'heure exacte chez Ikuko et cela avait été ses premiers mots.

— Je fais une soupe, a annoncé Ikuko avec un grand sourire. Ça te dirait d'y goûter avant de te mettre au travail ?

— Ah, euh, non, non. Je vais déjà faire ce que vous m'avez demandé, a répondu Susumu en agitant les mains. Je m'excuse de vous déranger, a-t-il ajouté sans malice.

C'est la moindre des choses quand on entre dans l'appartement d'une femme qui vit seule, sans doute, mais Ikuko aurait aimé un peu moins de réserve.

— … Ah, ça… Je vois, je vois… fait-il en regardant le tube fluorescent au plafond de la cuisine.

En tout bien tout honneur, Ikuko marque ses distances en s'asseyant sur sa chaise devant la fenêtre pour regarder Susumu travailler. Il est suffisamment grand pour ne même pas avoir besoin d'une chaise pour atteindre l'agrafe du tube.

— Han… dit-il au premier essai.

Il hoche la tête en silence, change d'angle et essaie une seconde fois de décrocher le tube. Lequel cède très gentiment, alors qu'Ikuko avait eu beau batailler, elle n'avait pas trouvé moyen de le faire obéir.

— Ah, c'est quand même mieux de pouvoir compter sur un homme, murmure-t-elle sans réfléchir en lui passant le tube neuf à fixer à la place.

— Vous avez une fille ? demande Susumu.

Ikuko en reste bouche bée une seconde avant de répondre.

— Non. Un garçon. Il habite loin.

— Ah, je vois.

Il hoche la tête. Mais l'échange semblait lui être complètement sorti de l'esprit à la fin de l'opération de changement du tube.

— Tu vas déjeuner avant de partir ? Je n'ai pas grand-chose, des pâtes et une soupe…

— Non, non, je vous en prie, ne faites rien. L'odeur me suffit amplement, dit Susumu avec un grand sourire. Je n'ai fait que changer un tube fluorescent. Et puis, je dois aller quelque part, ensuite.

— Ah bon…

Difficile d'insister dans ces conditions. Ikuko l'a raccompagné avec regret. Susumu a agité joyeusement la main.

— Eh bien, à bientôt à la boutique, alors !

Et a disparu comme le vent.

Ikuko éteint le gaz, pêche à l'écumoire les morceaux de pommes de terre et de navets surcuits dans le bouillon de poulet, les écrase au mortier et les passe au tamis.

Mais ses gestes sont maladroits. Elle s'était imaginé que Susumu accepterait de déjeuner avec elle. Auquel cas elle aurait fait sa purée avec plus d'élégance tout en bavardant avec lui. Elle s'était dessiné ce paysage imaginaire et l'avait trouvé beau. Mais dans la vie, c'est bien connu, les choses ne se passent jamais comme vous les avez imaginées.

La sauce des pâtes, bien sûr, elle l'avait vraiment préparée, mais si c'était pour les manger seule… L'appétit l'avait quittée. Finalement, elle se contenterait de la soupe, sauf qu'au milieu elle a eu l'impression que ça ne lui suffirait pas, alors elle a mis à griller un gâteau de riz pilé qui restait du Nouvel An et l'a mangé d'un air morne.

A sa place, Matsuko aurait lâché son fameux « peuh ! ». Et Kôko… Kôko aurait déployé son énergie et son instinct et se serait peut-être débrouillée pour le retenir, Susumu.

— Et voilà comment on se prend un râteau, murmure-t-elle.

Et à vrai dire, elle-même était surprise de se trouver blessée à ce point.

Mais elle commence à lui trouver de la saveur, à ce sentiment. Elle le suce comme on suce un bonbon. Et ce n'est pas mauvais, se dit-elle. Non pas que le bonbon ait bon goût, tout de même pas, non, mais avoir quelque chose à sucer, en soi, ce n'est pas mauvais.

Elle revoyait Susumu pendant qu'il travaillait. Ses membres pleins de force et d'assurance, le sérieux presque comique de son regard jusqu'à ce que ce soit fini, et son air bêtement content de lui quand il avait réussi. Les petits garçons doivent avoir le même air quand ils collectionnent les papillons ou montent des maquettes.

Shunsuke aussi savait remplacer un tube fluorescent. Il était suffisamment grand et adroit de ses mains. Il avait monté les étagères, repeint les murs. Et la fois où il avait perdu ses clés et s'était retrouvé enfermé à l'extérieur, il avait grimpé jusqu'à l'étage pour entrer par la fenêtre. Elle en avait bien d'autres à raconter sur lui quand il était jeune. Mais en prenant de l'âge, peu à peu il était devenu incapable de certaines choses. Et elle aussi. On n'y peut rien et on le savait depuis le début, mais elle s'était laissée aller à lui en faire reproche, méchamment, et plus d'une fois. Alors que Shunsuke s'apprêtait à appeler un professionnel pour régler un problème, derrière son dos, elle avait murmuré : « A l'âge qu'il aurait aujourd'hui s'il avait vécu, il nous l'aurait réparé, lui… »

Ikuko referme précipitamment le couvercle de sa mémoire. Parce que la tête de Shunsuke quand elle lui avait dit ça, ce n'était pas un bonbon dont elle avait envie de retrouver le goût.

Elle avait rêvé passer ce dimanche avec Susumu et se retrouvait maintenant sans rien à faire. Alors elle se dit qu'elle allait porter la carte de Nouvel An à sa destinataire. Si la déposer dans une boîte aux lettres pour qu'elle soit redistribuée ne lui disait rien, l'apporter elle-même lui semblait une solution satisfaisante. Et puis elle avait envie de la voir, la maison de cette Kashima Ikuko.

Elle enfila sa doudoune longue en duvet et se mit en chemin, plan en main, sous un terne soleil d'hiver. Elle n'était pas très douée pour lire une carte. Elle déterminait grossièrement la direction à prendre, puis choisissait son chemin selon l'inspiration du moment. A dire vrai, l'existence de cette Kashima Ikuko lui faisait l'effet d'une blague. Elle se mit en route sans vraiment croire qu'il pût exister une maison avec une autre femme du nom de Kashima Ikuko. Mais puisque c'était dans le district où habitait Matsuko, elle pourrait toujours lui rendre visite, et si Matsuko était chez elle, elles pourraient toutes les deux aller faire une surprise à Kôko, voire improviser une petite fête de début d'année à peine un peu tardive. Disons que cela faisait un prétexte pour sortir de chez elle. Or, à un coin de rue, elle tomba directement sur un portail avec une plaque marquée *Kashima*.

Une vieille et grande maison. Aux allures de bâtisse occidentale, en briques rouges, et des plantes vraisemblablement tropicales, foisonnantes, d'un vert dense.

Au lieu de jeter la carte de Nouvel An dans la boîte aux lettres, Ikuko appuya sur la sonnette sur le côté. Non pas qu'elle eût envie de faire la connaissance de cette Kashima Ikuko. Etre sans gêne, ce n'est pas son genre, voyons. Mais les vieux meubles et les caisses à vêtements empilés comme des poubelles dans le large espace qui allait du portail à la porte d'entrée l'intriguaient.

Oui ? s'enquit l'interphone.

Une voix de femme. Une petite caméra se trouvait au-dessus du haut-parleur, ce qui devait signifier qu'on pouvait voir sa tête de l'intérieur.

— Euh… C'est pour une carte de Nouvel An…

— Pardon ?

L'intonation est très courtoise, mais la communication est coupée abruptement.

Puis, un instant plus tard, la porte d'entrée s'ouvre et une jeune femme mince, d'une trentaine d'années, apparaît. Vêtue d'un pull à col roulé noir et d'un pantalon de jogging rose fluo.

— Oui, qui est-ce ?

La tête penchée sur le côté, le ton poli.

Rimi, sans doute, se dit Ikuko.

— J'ai une carte de Nouvel An adressée à Mme Kashima Ikuko… bredouille-t-elle, d'une voix si faible que la jeune femme n'a probablement rien entendu.

— C'est pour un bâton d'encens ?

— Pardon ?

En voyant la tête d'Ikuko, la jeune femme explique en quelques mots :

— Ma mère est décédée à l'automne dernier. Vous êtes l'une de ses amies du club de dessin ?

— Euh… Oui…

— Je suis désolée, madame, je n'ai pas réussi à identifier tous les contacts et connaissances de ma mère, et de nombreuses personnes ne sont toujours pas au courant. Et comme cela a été assez soudain, un infarctus du myocarde, tout s'est passé très vite. Mais elle n'a pas souffert.

— Ah… C'est…

Ikuko n'arrêtait pas de toucher la carte de Nouvel An enfouie dans la poche de sa doudoune, mais elle ne l'a pas sortie.

Elle a refusé la proposition de brûler un bâton d'encens devant l'autel domestique et s'est presque enfuie.

Elle n'avait pas réussi à se faire entendre quand elle avait parlé de carte de Nouvel An, et en fin de compte c'était tant mieux. On aurait sans doute cru qu'elle venait pour présenter ses vœux. Ikuko sortit la carte de sa poche. A force de la tripoter au fond de la poche, elle était un peu gondolée.

Ikuko posa la carte sur la table et la regarda un moment. Elle se souvenait encore du texte. Mais, maintenant qu'elle savait que la Kashima Ikuko du quartier voisin n'était plus de ce monde, ce texte avait changé de nature.

Ikuko se leva presque machinalement. Elle se rendit dans la cuisine et sortit les patates douces du panier posé dans un coin. Elle les avait achetées à la fin de l'année dernière. Ça va, elles ne sont pas encore flétries, parfaites pour la gravure des tampons-patates.

Elle y travailla pendant une petite heure. Un rossignol et une branche de prunier. Elle alla chercher le carton où étaient rangés les tubes de gouache dans le placard et prépara ses couleurs. Certes, ces patates douces, elle les avait achetées dans l'idée de faire des tampons-patates, mais cela n'était pas allé jusqu'à acheter des cartes de vœux vierges. Elle en fit une avec une carte ordinaire.

Elle écrivit un mot aussi. Cela faisait longtemps qu'elle ne s'était pas servie de son stylo-plume.

Toutes mes félicitations pour la Nouvelle Année.

Je suis désolée de vous adresser cette carte de vœux bien tardive.

Rien de nouveau pour moi non plus.

Rimi est une très jolie jeune femme, en effet.

Prenez bien soin de votre jambe. Pour votre promesse, je l'attendrai toujours.

Au recto, elle écrivit le nom et l'adresse de Takahata Ichirô. Et pour l'expéditeur, évidemment : Kashima Ikuko. Elle n'avait aucun moyen de savoir comment écrivait l'autre Kashima Ikuko, mais Shunsuke lui disait souvent qu'elle avait une jolie écriture, bien aérée.

Sa carte de vœux achevée, et assez réussie, Ikuko éprouva le plaisir du travail bien fait. Il lui restait une dernière chose à faire, néanmoins. Après les tampons-patates, le reste des patates douces servait toujours pour le repas du soir. C'était le rite.

Ikuko remit sa doudoune et sortit faire les courses. Elle jeta d'abord un œil à la poissonnerie de la galerie marchande, puis bifurqua vers le supermarché. S'ils avaient des darnes de sériole aujourd'hui, ce serait une chance, mais sinon, elle prendrait de la seiche, voilà tout. Ah, des ciboules, aussi. Et s'il n'y avait rien de bien, de la petite friture ferait éventuellement l'affaire.

Shunsuke préférait avec de la seiche. Moi, je préférais la sériole.

En fait, non.

J'aimais bien les deux.

Elle n'avait pas pris la carte de vœux qu'elle venait de décorer pour la poster. Ce n'était pas un oubli. Ça ne se fait pas, d'abord. Demain ou après-demain, elle rapporterait la carte de vœux adressée par M. Takahata Ichirô à Mme Kashima Ikuko à la poste afin qu'elle soit redistribuée. Mais à partir de demain, et pendant quelques jours, sur le rebord de la fenêtre surplombant le parc, la carte imprimée au tampon-patate viendrait rejoindre les autres.

Et c'est tout.

PALOURDES FRITES

Le printemps, c'est coquillages.

C'est ce que se disait Kôko en admirant les palourdes charnues.

Dans un saladier largement rempli d'eau, les palourdes respirent discrètement. Elle les a posées à l'ombre dès son retour des courses, pour leur faire dégorger leur sable.

Et les palourdes, cela va sans dire, c'est frites en chapelure.

Cela n'avait fait ni une ni deux dans son esprit à peine avait-elle vu ces merveilles chez son poissonnier. On aura beau vous parler de palourdes marinières, ou au saké à la vapeur, de *vongole bianco*, ou même de palourdes cuites directement avec le riz, quand vous en trouvez de cette taille, c'est en chapelure, pas de discussion.

Les palourdes frites, ça demande un peu de travail. Ne serait-ce que parce qu'il faut les écailler.

Vous introduisez un couteau à lame courte dans l'interstice de la palourde entrouverte, vous faites tourner la coquille jusqu'à sectionner le muscle adducteur, dit «pilier». Ça peut venir très facilement, ou pas du tout. Attendez-vous à des crampes aux doigts. Les palourdes ont leur caractère. Il y a celles qui abandonnent toute résistance, et celles qui ne se laissent pas avoir sans combattre. Kôko éprouve beaucoup de respect pour toutes, quelle que soit leur attitude. C'est trop bon pour leur en vouloir, de toute façon.

Ensuite, vous disposez les chairs des palourdes sur un papier absorbant pour les égoutter, vous les enfilez deux par deux sur une pique à brochettes et vous les enrobez de chapelure. C'est beaucoup plus simple que de les frire une par une, et c'est moins calorique (ou faisons comme si).

Kôko en a préparé sept brochettes.

Avant de passer à la friture proprement dite, elle a préparé la table dans les moindres détails. Le *coleslaw* de chou de saison, les lanières de radis blanc séché rangées dans un petit pot, le porc au sel, cuit de cet après-midi, prédécoupé en bouchées et harmonieusement disposé sur une assiette, avec sa noisette de moutarde *karashi*. La bière sortie du frigo, le croissant de citron. Il ne restait plus qu'à servir les palourdes. Parce que s'il y a une chose qui n'attend pas quand c'est prêt, ce sont bien les palourdes frites.

Mais d'abord une gorgée de bière, bien sûr. Puis une palourde encore fumante. La première, juste comme ça, sans rien. Ouh ouh ouh, h'est'haud ! La seconde, avec une giclée de citron. La sauce ne viendra qu'à la troisième brochette, c'est déjà programmé.

Le printemps, c'est coquillages !

Début mars, les nuits sont encore fraîches, mais le fond de l'air est déjà chargé d'une tiédeur humide, annonciatrice du printemps. Et l'air printanier convient si bien au goût des coquillages ! Shiroyama n'arrêtait pas de le dire.

Kôko enfourne sa troisième palourde. Ah oui, bientôt le moment de les manger avec la sauce. Elle allait oublier, alors sur la palourde qui reste de sa demi-brochette, elle verse une goutte, juste une, de sauce. La sauce brune se diffuse sur le roux de la chapelure. Soudain, elle s'immobilise, les yeux ronds.

Ce jour-là aussi, elle mangeait des palourdes frites en chapelure.

Le jour où Shiroyama l'a quittée.

Kôko, je suis désolé, avait-il commencé de but en blanc. Il n'est plus en mon pouvoir de quitter Megumi. Kôko avait continué à manger ses palourdes frites. Elles étaient délicieuses, d'ailleurs. Excellentes, mais cela n'avait pas empêché Shiroyama de continuer sur sa lancée.

Megumi-chan ? Attends, attends, qu'est-ce que tu racontes ? avait-elle répondu en riant, avec toute la feinte naïveté dont elle était capable. Alors que, dans sa tête, elle pensait : Nous y voilà.

Non, pas ça, cela ne se peut pas, s'était-elle dit pendant tout ce temps, et voilà, c'était bien ça, finalement.

Mais enfin, ce n'est pas une raison pour se séparer ! avait-elle continué puisque Shiroyama ne disait rien. Puisque de toute façon, je travaille avec Megumi-chan, si tu veux la voir, tu peux toujours venir à la boutique. Mais tout en parlant, elle encaissait le fait que pour la première fois devant elle, il avait dit « Megumi ». Megumi tout court.

Kôko, je suis désolé.

Il l'avait répété avec des larmes dans la voix, le front baissé.

Mais qu'est-ce que tu fais ? Mais arrête donc ! avait dit Kôko, toujours en riant, mais pour une fois, elle pensait réellement ce qu'elle disait. Non mais tu me prends pour une idiote ? Tu ne vas pas te mettre à pleurer, en plus ? disait-elle en elle-même. Est-ce que je pleure, moi ? Parce que si Haku pleurait, alors tout devenait vrai.

Ce souvenir auquel elle ne voulait plus jamais repenser lui était revenu. Elle avait continué à manger ses palourdes frites. Ce jour-là aussi. Aujourd'hui aussi. Que pouvait-elle faire d'autre ?

Vous le savez déjà, la devise de Kôko, son cri, dans la guerre de la vie, c'est : « A l'assaut ! »

Aussi, le lendemain matin, a-t-elle décidé d'acheter des palourdes et de mettre les palourdes frites en chapelure au menu.

Matsuko et Ikuko ont été ravies de l'idée et, une fois n'est pas coutume, pendant qu'elles s'activaient à préparer la chapelure, tout le monde était d'accord pour dire que les fritures, ça se mange chaud, et mieux que ça, elles ont été d'accord pour les faire frire à la demande.

Ikuko a écrit au feutre sur une bande de papier :

Aujourd'hui, palourdes frites minute !

Et l'a affiché devant la boutique.

Les palourdes étant frites à la commande, l'heure de pointe a été particulièrement tendue, sans que l'on sache si le bénéfice généré était bien en rapport avec le temps passé. Mais à part ça, la journée a été très amusante, surtout quand les clients demandaient de la sauce pour consommer sur place, debout dans la rue. Elles n'ont pas arrêté de grignoter, elles aussi. Ça a donné une pêche du tonnerre à la patronne.

— On va faire une fête pour le onzième anniversaire de la boutique !

— Tu es sérieuse ? s'inquiète Matsuko en fin de soirée, à La Tempête.

— Et pourquoi pas ? L'an dernier, pour le dixième anniversaire, nous n'étions que toutes les deux. Alors cette année, je veux prendre ma revanche.

— Ah merci bien, je compte pour du beurre, c'est ça ! Enfin, je m'en fiche mais bon… répond Matsuko à mi-voix, ce qui ne lui ressemble pas beaucoup. Ne me dis pas que tu comptes réellement inviter ton ex-mari et Megumi-san ?

— Ah bon, parce que Megumi-chan, tu l'appelles Megumi-san, toi ?

— Bah, je l'ai toujours appelée Megumi-san, qu'est-ce que tu racontes ? répond Matsuko avec un soupir.

Tiens, Matsuko nous la joue adulte sérieuse, ce soir, se dit Kôko.

Ce qui signifiait peut-être qu'elle-même se la jouait gamine frivole.

Ce soir, La Tempête est particulièrement calme. Deux habitués sont assis à l'autre bout du comptoir, repliés sur leur monde, le dos rond.

C'est l'attitude de Matsuko qui déteint sur le bar, ma parole, se dit Kôko. Et pour reprendre les choses en main, elle hèle le patron de toute la puissance de sa voix :

— Nobi-chan ! Un verre de vin, s'il te plaît !

— Rouge ou blanc ? demande Nobiru en plaquant précipitamment un sourire sur son visage.

— Blanc. Ce que tu as de plus cher.

— Tout de suite !

Un grand verre à pied rempli à ras bord lui est aussitôt servi.

Kôko sait bien qu'ici, le vin, c'est rouge ou blanc, et si c'est du Siglo, un vin espagnol très ordinaire, c'est qu'il n'y en a pas d'autre.

Kôko l'entame à grandes gorgées comme si c'était de l'eau.

— Et alors ? Megumi-chan a bien le droit de venir si on fête l'anniversaire de la boutique, non ? Puisque c'est avec elle que je l'ai démarrée, dit-elle.

Matsuko, elle, sirote son shôchû à l'eau.

— Parce que tu crois qu'elle a envie de venir ?

— Mais bien sûr.

— Quand même, moi, je ne saurais pas quelle contenance prendre.

— Mais la même que tous les jours, quelle question !

On entend alors un rire qui manque recracher son verre à l'autre bout du comptoir, signe que des oreilles étaient à l'affût. Mais ce n'est pas Kôko qui va se formaliser, dans le commerce, il faut savoir donner au client ce qu'il attend.

— Tu sais bien que si c'est toi qui l'invites, elle ne pourra pas refuser, dit Matsuko à voix basse, sans rire.

— Tu sais que c'est très profond, ce que tu viens de dire ? répond Kôko, comme s'il y avait un sens particulier à comprendre dans les paroles de Matsuko.

Elle écluse deux autres grandes gorgées de vin, malgré une légère sensation d'essoufflement.

— On invitera aussi ton chéri, bien entendu, ajoute-t-elle pour changer de sujet.

— Oh, tu peux l'inviter, il ne viendra pas, dit Matsuko en vidant d'un trait son shôchû à l'eau.

C'est donc au tour de Matsuko de boire comme un trou. Et à celui de Kôko de siroter son verre de vin blanc.

Suite au succès des palourdes frites en chapelure, nous informons notre aimable clientèle que le plat est prolongé.

Un mauvais souvenir qui se transforme en succès commercial, que rêver de mieux ?

— Regardez ! N'est-ce pas réussi ?

Ikuko a essayé de créer un emballage spécial pour manger debout avec une feuille de journal pliée en triangle. L'effet de style étant que le journal utilisé est en langue anglaise.

— Ce n'est pas un journal, c'est un emballage, voyons ! Un papier d'emballage alimentaire dont le design reproduit un journal. Et qui connaît un grand succès en ce moment.

— Ça me rappelle les beignets à la viande, ils ne passaient pas chez toi, quand tu étais petite ? C'étaient de vraies feuilles de journal en triangle, exactement comme cela. Dedans, il y avait ces *okinomiyaki* très fins, un genre de crêpe salée garnie…

— Ah, mais oui, tu as raison ! La sauce coulait toujours dans le papier journal, on la léchait, ça donnait un goût impayable…

— Mais oui, mais oui !

Kôko laisse Matsuko et Ikuko à leur discussion devant le comptoir et se retire dans les toilettes, où elle sort son téléphone portable.

A dire vrai, concernant l'opportunité d'inviter Shiroyama et Megumi pour la fête du onzième anniversaire de la boutique, Kôko n'avait pas besoin des réflexions de Matsuko pour avoir des hésitations. Elle ne leur avait toujours pas téléphoné, et à force ce serait trop tard et elle serait tout bonnement obligée d'annuler l'événement, c'est sûr. Et ça, il n'en était pas question, elle se l'était promis à elle-même. Dans ces conditions, une seule solution, et c'est pourquoi elle téléphonait maintenant à Haku.

— Ah, c'est toi.

Shiroyama avait décroché. Elle pouvait deviner son sourire retenu rien qu'au ton de sa voix. Eh bien quoi, quand nous vivions ensemble, ce n'était pas lui qui me poussait aux sourires gênés, peut-être ? se raconte Kôko en guise d'excuse.

— Ecoute, tu as gagné une invitation !

D'un ton surexcité, elle se met à expliquer les tenants et les aboutissants de son programme de festivités. Et puis je veux absolument te présenter Ikuko, notre nouvelle recrue. Alors dimanche en huit, ou le suivant, tu es libre ? Avec Megumi-chan, bien entendu…

Shiroyama avait écouté sans dire un mot. Et quand la tirade de Kôko arriva à son terme, le silence s'éternisa un petit peu, jusqu'à ce que, finalement…

— Kôko, je suis désolé… Dimanche en huit, ou le suivant, ce ne sera pas possible.

— Non ? Mais… pourquoi ?

— Eh bien… parce que nous partons en voyage.

— Ah bon.

— Oui. Je suis désolé. Amuse-toi bien avec tes amis. J'espère que la fête sera très réussie.

Elle ne remarqua pas tout de suite qu'il avait coupé. Il ne lui avait pas raccroché au nez, non. Bien sûr que non. Ah, c'est dommage. Mais un voyage, évidemment, on n'y peut rien, hein. Je te rappellerai à ton retour, n'est-ce pas. Elle avait certainement ajouté cela, elle avait dit : « Eh bien, au revoir » et Shiroyama avait certainement attendu qu'elle coupe.

Mais elle ne s'en souvenait pas vraiment. La seule chose qu'elle gardait en tête, et très clairement, c'était cette phrase : « Kôko, je suis désolé. »

Onzième anniversaire.

Autrement dit, La Maison de Coco était ouverte depuis dix ans révolus.

Dix ans. 10 ans. Ce n'était pas une durée, c'était plutôt un paysage, un étrange paysage, un être vivant un peu fou, quelque chose à manger avec un goût à soi, du moins c'est comme cela qu'elle y pensait.

Onze ans auparavant, la mère de Kôko était décédée. Son père étant mort plus tôt, la maison familiale avait été vendue et une certaine somme d'argent lui était revenue. Cela avait été l'un des éléments déterminants qui l'avaient poussée à se lancer, même si, évidemment, sa rencontre avec Megumi avait été beaucoup plus importante dans cette décision.

Depuis plusieurs années, Shiroyama et Kôko participaient aux soirées d'une association d'amateurs de saké, «Le saké bien distingué». C'est là qu'ils avaient fait la connaissance de Megumi. Un petit groupe de bons amis qui avaient organisé une rencontre de dégustation en aveugle cet automne-là autour de quelques bouteilles de saké nouveau et de quelques amuse-gueules pour les accompagner. Comme à chaque réunion, Shiroyama s'était concentré sur la boisson alors que Kôko s'intéressait plus à la cuisine. Megumi et elle s'étaient immédiatement trouvé des atomes crochus.

Megumi avait dix ans de moins que Kôko. Divorcée depuis quelques années. Et sans enfant, ce qui lui faisait un point commun avec Kôko. C'était essentiellement le fait de ne pas pouvoir avoir d'enfant qui avait été la cause de son divorce, avait raconté Megumi. Pour plaisanter, Kôko avait répondu qu'eux, c'était plutôt s'ils avaient eu un enfant qu'ils auraient divorcé. Haku ne saurait plus où donner de la tête s'il devait s'occuper d'un enfant en plus de moi. En réalité, Kôko désirait énormément un enfant, et n'y avait renoncé qu'à cause de Shiroyama. Quel besoin d'un enfant, tu m'as, moi ! C'est ce que Shiroyama lui avait dit et elle l'avait cru.

Quand Megumi et Kôko avaient parlé d'ouvrir ensemble une boutique de plats cuisinés, Shiroyama avait tout de suite été d'accord et avait même contribué. Mais il se montrait de jour en jour plus froid envers Megumi. Ce qui, en y repensant aujourd'hui, devait être le signe qu'il était de plus en plus envoûté mais s'efforçait de retenir ses sentiments. Pourquoi est-il si froid avec Megumi-chan ? Pourquoi change-t-il de sujet dès que je parle d'elle ? Quand avait-elle commencé à se poser ces questions ? Elle s'était efforcée d'éliminer la sensation désagréable qu'elle ressentait, et quand elle n'avait plus réussi à l'effacer, elle s'était efforcée de faire semblant d'y arriver. Et même quand les aveux de Shiroyama avaient rendu illusoire ce travail d'auto-aveuglement, son esprit avait continué à nier la réalité, comme une machine détraquée. Mais non, Haku ne peut pas m'abandonner, pas ça, cela ne se peut pas.

Et aujourd'hui encore, c'est cette machine cassée qui la maintenait en vie.

Le rendez-vous était fixé à huit heures du matin, devant La Maison de Coco.

Tout le monde était déjà là quand la voiture de Kôko est arrivée. Matsuko était en bottes de caoutchouc, le bas de son pantalon à pinces coincé dedans. Ikuko emmitouflée dans une écharpe à fleurs (chapeau de paille à la main). Susumu comme toujours en jean, tee-shirt et blouson, simplement sans le tablier estampillé « Kotobuki, le riz » aujourd'hui.

— Bonjour ! Allez, montez, montez, montez ! Susumu-kun, devant, s'il te plaît !

On met les affaires dans le coffre, on monte en voiture – Susumu ne se fait pas prier pour monter à la place du navigateur – et Kôko refait démarrer la voiture. Le soleil commençait à illuminer la journée. Le ciel promettait d'être sans nuages.

— N'est-ce pas le temps idéal pour une partie de pêche aux coquillages à marée basse ?

Pas de réponse.

— Pas vrai ? insiste Kôko.

Ouais, ouais… Mmm… Des grommellements indistincts lui parviennent de la banquette arrière. Susumu, lui, tente un :

— Une pêche aux coquillages, c'est la classe.

Mais le ton n'y est pas vraiment, plutôt morne.

— Oh, Susumu-kun, toujours le mot juste ! embraye Kôko.

Et ha ha ha ha.

— … La classe, exactement. On ne peut tout de même pas laisser passer le printemps sans aller au moins une fois à la pêche aux coquillages !

Borborygmes et réprobations diverses montent de nouveau de la banquette arrière. Ah là là, quel manque d'enthousiasme. Enfin, heureusement ils sont là. Remerciements et gratitude, se dit Kôko. Ils ont accepté de venir tous les trois un jour de congé, malgré le préavis un peu court, c'est quand même bien. Et sans poser de question, encore, pas de pourquoi ni de remarque sur ce qu'est devenue la fête du onzième anniversaire, c'est déjà ça.

Kôko conduit tranquillement. Il faut dire qu'elle connaît le chemin par cœur. C'est la première fois qu'elle va ramasser des coquillages à marée basse, mais elle a repéré le panneau *Pêche aux coquillages* depuis longtemps.

Enfin, elle connaît l'endroit sans le connaître. Par exemple, elle ne s'est pas demandé de quelle heure à quelle heure c'était, la pêche aux coquillages.

Trois heures plus tard, la Mini Cooper arrive sur la plage. Pas un chat.

On débarque. On se disperse sur la plage en se demandant ce qu'on fait là, un petit tour et on se retrouve comme par hasard tous les quatre devant la voiture. Susumu se lance le premier, d'une voix éteinte :

— On dirait que la pêche aux coquillages est interdite en dehors des journées spécialement encadrées…

Puis Matsuko :

— La première journée est programmée le 14 mars cette année, je viens de le voir.

— Et ce n'est pas tout à fait marée basse, là, relève Ikuko, à peine audible.

Ah, mais oui, tiens… C'est parce que ça a lieu à marée basse qu'on appelle ça la pêche aux coquillages à marée basse, comprend soudain Kôko.

— Ah, mais c'est vrai ! On ne peut pas pêcher les palourdes si ce n'est pas marée basse, c'est sûr. Ha ha ha ha.

Son rire se disperse sans aucun écho sur la plage.

— Enfin, on peut toujours pique-niquer.

La proposition vient d'Ikuko.

— En tout cas, il fait beau, ajoute Matsuko.

Ce n'est pourtant pas son habitude de renchérir dans le sens de la pensée positive.

— Et puis il commence à faire faim, dit Susumu, histoire de mettre tout le monde d'accord.

Kôko reçoit la vérité en pleine figure.

Tout le monde, enfin, ces trois-là lui auraient-ils consacré leur dimanche parce qu'ils ont pitié d'elle ?

Le ciel bleu pâle, le petit air tiède, on pourrait presque dire que ça sent la palourde.

D'un autre côté le soleil est encore faible, le bouillon de porc de la bouteille thermos fait du bien.

Tout le monde est assis sur l'immense bâche en plastique que Susumu a sortie de son sac à dos et chacun ouvre son bentô. Le bouillon de porc vient de Matsuko. Ainsi que les morceaux de poulet frits et les boulettes de riz fourrées d'œufs de cabillaud ou de miettes de saumon, le menu modèle pour un pique-nique. Ikuko est venue avec une omelette au *dashi*, des filets de thazard grillés à la sauce *teriyaki* et des grosses boulettes de riz enveloppées de grandes feuilles de moutarde-épinard façon *mehari-zushi*. Kôko, qui n'a rien préparé parce qu'elle n'en avait pas envie, trouve que ces bentôs hétéroclites sont assez représentatifs du caractère de chacune. Comme quoi la cuisine ne ment jamais : fais-moi goûter ce que tu as cuisiné, je te dirai qui tu es.

Bien entendu, tout a été mis en commun et tout le monde a goûté à tout. Même le bœuf séché à l'américaine et les surimis étuvés fourrés au fromage de Susumu, achetés tout faits. Les trois femmes ont échangé leurs impressions gastronomiques tout au long du repas, Susumu intervenant juste ce qu'il faut, dans une ambiance relativement animée. Puis, le repas fini, est venu un silence.

Kôko avait étendu ses jambes droit devant elle, comme une enfant, et regardait le ciel. De fins nuages s'étaient levés et le ciel avait pris la couleur du sable de la plage. Pourquoi plus personne ne dit rien ? se demandait-elle. Ah, si, je sais. Ils attendent que ce soit moi qui dise quelque chose.

Deux voies s'offraient à elle et elle pouvait emprunter aussi bien l'une que l'autre. Laquelle il *fallait* prendre, elle le savait très bien aussi, et c'était bien celle qu'elle *désirait* prendre. Mais le ressort qu'elle avait mis toutes ses forces à tendre se relâchait entre ses doigts. C'était la faute des palourdes. Elle était venue pour une partie de pêche aux coquillages à marée basse, et elle n'avait pas eu lieu. Les palourdes, voilà le problème.

— Allez, on y va ! Montez, tout le monde ! Montez, montez, montez ! Susumu-kun, devant, s'il te plaît !

L'énergie de Kôko surprend les autres. Mais aucun ne cache son soulagement devant l'annonce que ce pique-pique bancal est officiellement terminé. On s'engouffre dans la voiture, chacun à la même place. Kôko appuie un peu trop sur le champignon. Quelques minutes plus tard, avec une sorte de soupir, Susumu demande :

— On va où ?

— On rentre, répond Kôko.

— Mais ce n'est pas la bonne route…

— Je me suis trompée.

Et, tout en s'engageant dans un chemin privé :

— Je vais faire demi-tour ici.

Elle connaissait ce chemin. Il s'enfonçait entre les arbres. La maison était petite, mais sur un grand terrain. Kôko arrête la voiture.

— Je vais demander. Attendez-moi là.

Elle descend prestement de la voiture avant que quelqu'un se ressaisisse et lui pose la mauvaise question, et s'engage d'un pas rapide et décidé sur les pas japonais en bois. La seule chose qui l'empêche de courir, c'est qu'elle ne veut pas faire de bruit.

Elle remarque immédiatement la voiture. La Saab bleue de Shiroyama. Rien de bizarre à ça. S'il n'est pas là pour deux semaines, c'est qu'il est à l'étranger. Il a laissé sa voiture, c'est tout à fait normal. Sauf que tout en se faisant cette réflexion, elle s'est accroupie derrière la voiture.

Non pas qu'elle n'ait pas compris dès le début. Je pars en voyage, lui a-t-il dit. Et elle ne lui a pas demandé où, ni quand il partait, ni quand il revenait. Elle a répondu « Ah bon » et c'est tout. Et bien qu'une telle réponse soit en contradiction manifeste avec tout ce qui caractérise sa personnalité, Shiroyama n'a pas ajouté un seul mot.

Enfin, bon, admettons, se dit-elle en reconnaissant la silhouette de Shiroyama qui passe nonchalamment derrière la porte vitrée. Que tient-il à la main ? Une tasse de café, sans doute.

Shiroyama sourit, il sourit en se dirigeant vers quelqu'un, il parle, il dit quelque chose.

Kôko se retire sans se montrer, toujours pliée en deux. Pas question de se démasquer à Shiroyama. Jamais de la vie il ne saura qu'elle est venue ici et qu'elle l'a vu, alors qu'il lui avait dit qu'il était en voyage. C'est ce qu'elle se dit en retournant à la voiture sur la pointe des pieds.

— Qu'est-ce que tu es allée demander ? lui demande-t-on à peine au volant.

Assurément, la question s'impose.

— Ce n'est pas le bon chemin.

Elle voudrait ajouter ha ha ha ha !

Mais ça ne sort pas.

Elle se racle la gorge à la place et fait faire demi-tour à la voiture.

Aujourd'hui, soirée privée.

Le panonceau avait été rédigé par Ikuko suite à l'échange suivant :

C'est quand même mieux d'afficher quelque chose, non ? Sans doute, oui. Eh bien, tu peux écrire quelque chose et le coller sur la porte, s'il te plaît ?

Annonce ou pas annonce, cela n'avait pas empêché les habitués de La Tempête d'entrer sans la moindre hésitation.

Ça veut dire quoi, soirée privée ? Ah, une fête ? Ah bon, le onzième anniversaire de La Maison de Coco ? Félicitations, alors ! Tiens, donne-moi une bière.

La fête du onzième anniversaire de La Maison de Coco, bien que réalisée dans l'improvisation totale, trouva un écho plutôt positif. Puisque Shiroyama ne viendrait pas, il n'y avait aucune obligation de la faire un dimanche. Alors ce fut le vendredi soir après la fermeture. Bien entendu, Matsuko haussa les épaules.

— Bref, c'est juste aller boire à La Tempête…

Cela donna l'occasion à Ikuko de venir pour la première fois à La Tempête, et même Susumu réussit à trouver un moment pour venir.

— Voilà voilà voilààà ! Eh bien, nous allons quand même trinquer tous ensemble, annonça Nobiru d'une voix tranquille à l'intention des clients qui avaient déjà commencé à boire.

— *Quand même* ? Qu'est-ce que tu veux dire par *quand même*, dis ? dit Kôko en tendant son verre au patron.

Celui-ci, avec les gestes cérémonieux de circonstance – car il avait un certificat de serveur de bière –, lui remplit son verre.

— Officiellement, c'est quel jour, d'ailleurs ? s'enquit-il.

— Quel jour quoi ?

— Eh bien, l'anniversaire de l'ouverture de la boutique !

— Le 15 mai.

— En mai ? reprit Nobiru d'un air stupide. Mais c'est dans deux mois ! Je me disais aussi, si j'ai bonne mémoire…

— Et alors, où est le problème ? On peut bien le faire quand on veut, non ? Et puis ce n'est pas la peine de crier comme un putois !

— Non, non, loin de moi l'intention de crier comme un putois…

Nobiru avait baissé le volume. Plus précisément, depuis tout à l'heure, il parlait moins fort que Kôko.

Kôko leva son verre très haut au-dessus de sa tête et hurla :

— Pour notre onzième anniversaire, *Kampai* !

Puis elle passa derrière le comptoir où attendait une montagne de palourdes déjà piquées sur leurs brochettes. La plaque de gaz au bout du comptoir, juste là pour la forme, qui servait d'habitude à réchauffer les snacks sans prétention de La Tempête, supportait cette fois la grosse batterie, le wok de La Maison de Coco rempli d'huile bouillante. La friture des palourdes allait pouvoir commencer.

— Je te remplace.

— Mais non, mais non, répondit Kôko à Ikuko qui s'était approchée, la repoussant sans ménagement.

Matsuko s'approcha aussi.

— Ces palourdes vont finir par me sortir par les trous de nez, dit-elle en en emportant deux ou trois brochettes juste sorties du bain.

Susumu se retrouvait entouré de plusieurs hommes d'âge mûr, les piliers du bar, et avait bien du mal à soutenir la conversation.

Kôko s'essuyait le visage mais ne lâchait pas sa place. Et ça débitait, débitait, débitait de la friture à n'en plus finir. Il finirait bien par en sortir quelque chose, de ce chaudron, espérait-elle.

RIZ AUX PETITS POIS

Le mariage avait eu lieu au printemps.

A la suite de la cérémonie au sanctuaire shintô, la noce s'était poursuivie dans un restaurant traditionnel. Dans le salon face au jardin. La baie vitrée était restée fermée car il faisait encore froid dehors, mais le cerisier était en fleurs, ouvertes à soixante-dix pour cent.

Le banquet avait été parfait, uniquement avec la famille de premier et deuxième rang et quelques amis très proches. Un oncle avec un coup dans le nez s'étant mis à chanter des chansons militaires, il s'était fait enguirlander par sa femme. Les enfants, qui s'ennuyaient ferme et couraient maintenant dans les couloirs, s'étaient fait gronder par la tante. La tante décida de les envoyer dehors et ouvrit la baie vitrée. Le vent s'engouffra et une pluie de pétales de fleurs de cerisier vint danser sur la noce. Sur le plateau à pied laqué de noir disposé devant chaque convive, une extraordinaire cuisine de printemps à en avoir les yeux qui sortent de leurs orbites. Une petite daurade grillée au sel pour chacun. Comme sashimi, de la daurade encore, mais aussi du demi-bec et des coquillages. Un bouillon clair à la mousse étuvée de clovisses *hamaguri*, une pousse de bambou grillée dans sa peau, avec une crème de miso aux feuilles de poivre sanshô. Et du riz aux petits pois disposé en forme d'éventail ouvert.

Exactement le banquet de noces dont Matsuko avait toujours rêvé. A croire que quelqu'un avait plongé le bras dans son cerveau pour en pêcher la vision qui avait reposé au fond pendant tout ce temps, vraiment incroyable. La seule différence, c'est que la mariée n'était pas elle. A la place d'honneur siégeaient Kamijô Shun et celle qui était dorénavant son épouse.

A côté du gaz, Matsuko ouvre la fenêtre pour laisser échapper l'odeur de friture. Il faut un certain temps avant que revienne l'odeur de l'air extérieur.

— Dites, on devrait commencer à pouvoir pique-niquer sous les cerisiers en fleurs dans les environs de la semaine prochaine ? dit-elle en restant le nez à la fenêtre.

Pas de réponse.

Matsuko referme la fenêtre, se retourne.

— Hé, ho ! *O-hanami !*

Kôko et Ikuko, de leurs places respectives – Ikuko en train d'assaisonner la marinade, Kôko à l'évier en train de laver les poireaux – lèvent toutes les deux une tête lourde.

— Il fait peut-être encore un peu froid? dit Ikuko.

— Il n'y a pas le feu. Et puis, les cerisiers, ils seront encore là l'an prochain.

Matsuko cherche une réponse cinglante à leur retourner, et se contente d'un gros soupir.

Qu'arrive-t-il à Kôko pour qu'elle montre si peu d'enthousiasme à l'idée d'organiser un *hanami*? Ikuko aussi, d'ailleurs. Elle est un peu plus positive que ça, d'habitude. Depuis quelque temps, ça n'a pas l'air d'être la grande forme.

Depuis quelque temps, c'est-à-dire en fait depuis le soir de la fête du onzième anniversaire de La Maison de Coco, tiens. Kôko a voulu à toute force organiser quelque chose (alors qu'il restait encore deux mois), eh bien, ça n'a pas loupé, ce n'est jamais bon de forcer. Telle est l'analyse de Matsuko. C'est évident. Et maintenant, aussi bien l'une que l'autre, elles regrettent. Ce qui n'est pas nécessairement une mauvaise chose en soi, au moins pour Kôko. Si Kôko apprenait un peu à se retourner sur les actes de sa vie, ce ne serait pas du luxe, pense-t-elle. Mais ce n'est pas une raison pour saper le moral des autres, tout de même.

Matsuko déplace les filets de chinchards qu'elle vient de lever sur le plan de travail.

Moi aussi je traîne une petite déprime, ces temps-ci.

— Ting ! Boum ! Plaf ! fredonne-t-elle en alignant ses filets dans la marinade.

A côté, Ikuko qui est en train d'éplucher les oignons la regarde d'un air circonspect.

— Quel rythme ! Et Ting ! Et Boum ! C'est parce qu'on écrit *chinchard* avec un caractère qui signifie « le poisson qui s'avoue vaincu », c'est ça ?

Mais je ne vais pas bien, moi… Qu'est-ce qui me prend ?

Matsuko voit bien qu'elle est totalement à côté des clous mais elle continue à fredonner son Ting ! Boum ! Plaf !

Non seulement elle fredonne mais elle improvise un pas de danse là-dessus. C'est censé être une imitation d'Ikuko le soir de la fête. Ce soir-là, Ikuko a avoué qu'elle buvait, et même elle a montré comment, quand elle était soûle, elle chantait en frappant des verres avec ses baguettes pour s'accompagner.

— Il faut absolument que tu viennes avec nous à La Tempête, la prochaine fois.

Matsuko, elle, n'éprouve aucun complexe à boire. Et quand on boit, on est soûle, c'est bien le but, non, quoi de plus normal ? C'est ce qu'elle aimerait expliquer à Ikuko, mais c'est le problème quand vous n'êtes pas tranquille de naissance dans votre tête, vous n'arrivez pas à exprimer clairement ce que vous pensez.

— Non, j'ai arrêté l'alcool, répond Ikuko d'une toute petite voix.

— Bah, pourquoi ? Où est le problème ? Tu n'as plus besoin de faire semblant maintenant qu'on a vu de nos yeux ce dont tu es capable quand tu as un coup dans l'aile !

— Mais je déteste l'alcool.

— Ouais, mon œil.

Ikuko a déjà les lèvres ouvertes pour répliquer, mais elle les referme et préfère s'occuper de ses oignons à émincer.

Pourquoi ne dit-elle rien ? Si elle ne répond pas, on dirait que c'est moi qui la harcèle. Matsuko fait comme si elle ne savait pas à quoi elle joue, quand la sonnette de la porte de service résonne. Matsuko et Ikuko se tournent vers Kôko.

Kôko ferma le robinet.

L'eau, qui jusque-là coulait à jet continu pour laver une grande quantité de poireaux terreux, cessa de couler et la cuisine se trouva soudain plongée dans le silence. Kôko jeta un rapide coup d'œil vers Matsuko et Ikuko, qui cherchèrent rapidement un endroit où fixer leurs regards. La sonnette de la porte de service avait juste retenti, ce qui était pour le moins inhabituel. En principe, les livreurs font suivre, quand ce n'est pas précéder, leur coup de sonnette – parfois même ils ne sonnent pas du tout – d'une annonce vocale : « C'est le saké ! » ou « Colis postal ! ». Mais là, juste un coup de sonnette et c'est tout. Cela ne pouvait être que Susumu « Kotobuki, le riz » qui venait livrer le riz comme à son habitude, une fois par semaine.

Kôko lança un autre coup d'œil vers Matsuko et Ikuko qui, même jeu, firent semblant de regarder ailleurs, puis elle répondit, d'une voix très encombrée :

— Crouiii !

Elle s'éclaircit rapidement la gorge et reprit :

— Ouiii !

Plus clair, en effet, mais un poil trop aigu.

Sans aucune raison, elle dénoua son tablier et le laissa tomber sans prendre la peine de le ramasser, avant de se diriger vers la porte de service.

Kôko ouvrit la porte. Matsuko – Ikuko sans doute aussi – tendit le cou pour vérifier si c'était bien Susumu.

— Ah, Susumu, c'est toi !

C'était bien le cas, semble-t-il, à la voix de Kôko mais on n'entendit aucune réponse en retour.

Le riz. C'est bien le riz, n'est-ce pas ? Tu es venu nous livrer le riz, c'est bien ça… Merci ! Oh, merci, merci. Attention, c'est très lourd, hein, merci bien, toujours, de nous porter le riz, je t'en suis tellement reconnaissante…

La voix de Kôko tournait au pathétique.

Matsuko n'y tint plus et s'approcha.

Elle écarta Kôko du coude et agonit le livreur de reproches.

— Non mais qu'est-ce que c'est que ces manières ? Il faut se ressaisir, mon gars. Faut arrêter de faire la moue comme ça, tu es un homme, oui ou non ?

— Mais je ne fais pas la moue, répondit Susumu entre ses dents, les joues gonflées.

— Mais bien sûr, allons, Matsuko, il ne faut pas crier comme ça. Susumu ne fait pas du tout la moue. Susumu est un bon garçon, voyons !

Kôko essayait de prendre la défense de Susumu.

Susumu s'écria alors :

— Avec tous les remerciements de la maison Kotobuki !

Mais le ton était plutôt abrupt et il repartit aussitôt.

Tout ça, c'était parce que Kôko avait trop bu.

C'était clair, du moins quand on s'arrêtait aux causes immédiates, mais si on creusait un peu plus loin, il y avait certainement une autre raison un peu plus fondamentale que l'alcool, elle pouvait très bien l'imaginer. N'empêche. Etonnant comme nos actes sont entremêlés les uns aux autres, n'est-ce pas ? Il y a de quoi se demander si depuis l'instant de notre naissance en ce bas monde, tous nos actes ne s'enchaînent pas pour faire de nous ce que nous sommes aujourd'hui, se demandait Matsuko, perdue dans ses méditations.

Quoi qu'il en soit, ce jour-là, Kôko avait bien bu. Presque à la même vitesse qu'Ikuko, mais à un degré supérieur.

C'était la première fois que Matsuko voyait Kôko ivre. Peut-être parce que, quand elles buvaient ensemble, c'était toujours elle qui se trouvait ivre la première, c'est possible. Peut-être aussi que Kôko tenait bien l'alcool, mais peut-être aussi et surtout qu'elle avait la technique pour boire sans s'enivrer. Parce que Kôko, même sobre, elle a toujours l'air un peu pompette, alors elle doit savoir ce que ça donnerait si elle avait un coup dans le nez pour de vrai. Déjà que tout le monde garde un œil sur elle, en plus, elle doit se surveiller elle-même. Et ce jour-là, Matsuko pouvait jurer avoir entendu comme un bruit de barrique dont un cercle a sauté – enfin, il n'avait pas sauté tout seul, Kôko avait fait ce qu'il fallait pour, aucun doute là-dessus. Concrètement, cela avait fait ha ha ha ha ha ha ! avec trente pour cent de rab bon poids par rapport à d'habitude.

Kôko était en train de faire frire les palourdes dans le minuscule coin cuisine de La Tempête. Tout en cuisinant, elle s'humectait le gosier au vin rouge. Quand toutes les palourdes avaient été frites et qu'elle avait émergé de sa tourelle de combat, elle était bien partie. Dès le début, elle s'était comportée, et il ne s'agissait pas seulement de son rire, avec trente pour cent de rab. S'imposant dans toutes les conversations, approuvant toutes les opinions, chantant, frappant dans ses mains, tournant sur elle-même, et tout ça servi bon poids avec trente pour cent de rab. Et encore, ça, ce n'était rien. Le problème, c'est que, petit à petit, tous ses gestes, tout son cirque s'étaient concentrés sur une seule personne : Susumu.

Depuis le début, Susumu n'avait pas l'air très en forme. On l'avait invité, alors il était venu, mais on voyait bien qu'il n'était pas là de gaieté de cœur. Il trempait à peine ses lèvres dans un whisky coupé à l'eau plate, il souriait vaguement de temps à autre, acquiesçait plus ou moins. Ikuko et moi l'avions bien remarqué, et Kôko aussi, évidemment. Pour dire la vérité, c'est cette attitude qui a mis le feu aux poudres pour Kôko. Pour être très, mais alors *très* positive, disons que Kôko s'est mis dans l'idée de remonter le moral à Susumu. Sauf qu'en cours de route elle a fait une erreur d'aiguillage et à partir de là il n'était plus dans ses moyens de s'arrêter.

Résultat : Susumu s'est senti de plus en plus mal à l'aise, et, pire que tout, a commencé à s'énerver. Et il l'est encore, énervé, si l'on en croit son attitude aujourd'hui.

Le projet d'aller pique-niquer sous les cerisiers en fleurs n'a pas eu beaucoup de succès, mais nous avons tout de même fait du riz aux petits pois pour le riz cuisiné du jour à La Maison de Coco.

Kôko avait acheté des petits pois en cosses bien gonflées. Elle nous a dit, on en fera la moitié frits dans de l'œuf, et l'autre moitié avec le riz.

Nous étions en train d'écosser les pois toutes les trois quand elle nous a attaquées par le flanc.

— Maintenant, on trouve des petits pois frais déjà écossés au supermarché, mais il n'y a pas à dire, ceux en cosses sont bien plus goûteux, vous ne trouvez pas ?

— Les petits pois, c'est comme les filles, c'est quand elles sortent de leur chambre pour la première fois qu'elles sont les meilleures.

— Oh, voyons, Matsuko, ce ne sont pas des choses à dire !

— Hein ? J'ai dit quelque chose de pas convenable ?

— Ha ha.

— Comment les fait-on ? On les blanchit au sel d'abord pour les mélanger au riz cuit ensuite ? Ou on les met directement à étuver avec le riz ?

— C'est meilleur cuit avec le riz, mais visuellement, hum.

— La fraîcheur ne dure qu'un printemps, autant que les fillettes soient jolies.

— Ha ha.

Matsuko et Ikuko regardèrent Kôko du coin de l'œil. Qui les remarqua et se reprit :

— Ha ha ha…

Ces bruits de gorge manquaient définitivement d'enthousiasme. Elle-même le sentait bien, alors elle exagérait son rire, et plus elle l'exagérait, plus c'était sinistre. Se pourrait-il que ce trouble de Kôko, qui n'était devenu apparent que tout récemment, date en réalité de bien plus longtemps ? L'heure était grave, il fallait faire quelque chose, se dit Matsuko… Quand Ikuko, qui avait dû avoir le même pressentiment, lui vola son tour.

— Susumu, finalement, ce n'est qu'un mioche.

Un *mioche* ?

Ma foi, Ikuko ne les avait pas habituées à un vocabulaire aussi éloquent. Mais c'était une occasion pour enchaîner et venir en aide à Kôko…

— Bien dit, confirma Matsuko.

— Ça lui apprendra à s'énerver pour rien du tout. D'ailleurs, je suis sûre qu'il regrette.

— Exactement ! Kôko se fait du souci pour pas grand-chose, c'est surtout ça qui l'empêche de savoir comment réagir.

— Si ça se trouve, il l'a pris au premier degré et il se demande quelle réponse faire. Ha ha ha !

— Oh, je l'imagine bien, ha ha ha !

De fait, ce fameux soir, Kôko lui avait carrément proposé… le mariage. Comme quoi, puisqu'il était monté dans sa voiture, il fallait qu'il assume ses responsabilités, à présent. Le reste à l'avenant. Et Susumu avait répondu sur le même ton en arguant très sérieusement qu'il reconnaissait avoir fait cette balade au bord de la mer dans la voiture de Kôko, mais qu'il ne lui avait pas effleuré le petit doigt. Et Kôko, évidemment, s'était engouffrée dans le boulevard en répliquant qu'il n'était pas trop tard pour se montrer plus entreprenant et qu'il pouvait l'embrasser, là, maintenant. Susumu, qui avait commencé par le prendre à la plaisanterie, avait graduellement pris peur, jusqu'à quitter la soirée sans dire au revoir à personne.

— Mais moi… dit Kôko en regardant l'une, puis l'autre, avec des yeux de sainte nitouche, en papillotant des paupières. Moi, je suis on ne peut plus sérieuse.

Matsuko se colla immédiatement contre Ikuko, comme pour faire un bloc plus compact. Surtout ne rien répondre, pensa-t-elle.

— Sé… sérieuse ?

— J'ai tout à fait l'intention de me marier avec Susumu.

La cosse de petit pois faillit lui échapper des doigts. Elle se ressaisit à temps et alla au plus court.

— Ah, tiens ?

Ikuko aussi devait se dire qu'il valait mieux entendre ça que d'être sourde, en tout cas elle avait repris l'écossage des petits pois.

Oui, ben, c'est pas gagné… se dit Matsuko, comme si une vieille intuition à moitié effacée venait d'être confirmée.

Récemment, Matsuko avait acheté un smartphone. En secret de Kôko, cela va sans dire. Elle qui avait toujours affirmé : « Ça ne m'a pas manqué jusqu'à aujourd'hui, je ne vois pas pourquoi je devrais en avoir un ! »

Non pas qu'elle ait changé d'avis d'un iota sur la question, d'ailleurs. Or, depuis qu'elle avait fait l'acquisition de cet objet, elle en était devenue complètement esclave. Pourquoi l'avait-elle acheté alors ? Pour Shun, évidemment.

La dernière fois qu'elle avait mangé avec lui – dans ce fast-food devant la gare, vers la mi-février –, elle avait découvert que Shun avait un smartphone. Enfin, elle l'avait visuellement découvert, disons. L'engin s'était mis à sonner pendant le repas. La Neuvième. De Beethoven. L'*Hymne à la joie*. C'est sa doudoune posée sur la banquette à côté de lui qui s'était mise à sonner.

Shun l'avait sorti de sa doudoune avec des gestes d'expert et avait répondu devant Matsuko. L'appel concernait son travail, apparemment. Oui… oui, oui. Hum… Hum… D'accord, pas de problème. Et puis des mots comme « date limite de rendu », ou « corrections sur épreuves ». Shun vivait comme illustrateur de presse, quelques dessins comiques, parfois des designs pour des tissus imprimés. L'appel terminé, il avait remis son smartphone dans sa poche, toujours très à l'aise, rectifié sa position devant la table et s'était penché au-dessus de la cocotte comme pour se remettre en mémoire où ils en étaient du « Steak façon burger géant avec œuf poché ».

Ah tiens, tu as un portable, avait-elle dit, l'air de rien. Enfin, l'*air* de l'air de rien.

Elle se doutait bien qu'il devait en avoir un. Mais quand elle le voyait – pas très souvent, d'ailleurs – il ne s'en servait pas, et elle ne lui en avait donc jamais parlé. Elle connaissait Shun depuis l'enfance, mais ces cinquante et quelques années de relation se résumaient à un grand blanc, un vide intersidéral. Sans parler de l'époque où il avait été marié… Donc s'il ne faisait pas explicitement un geste qui lui apprenait qu'il s'était mis à telle ou telle innovation technologique, cela lui restait inconnu. Cela lui échappait, disons.

— Oui, oui, répondit Shun, très détaché.

Comme si cela ne le concernait pas. Comme si c'était sans importance. Ou pour faire comme si. On pouvait le prendre comme ça, aussi. Mais dans un cas comme dans l'autre, c'était toujours comme si cela ne le concernait pas. Cette façon de ne jamais s'impliquer dans ce qu'on disait, c'était tout Shun. Matsuko ne savait jamais sur quel pied danser.

— Eh bien, donne-moi ton numéro, alors, essaya-t-elle.

— Oui, oui, si tu veux, répondit-il avec un sourire. Mais que tu m'appelles sur le fixe ou sur mon portable, ça ne changera pas grand-chose. Je suis tout le temps à la maison, en principe.

Shun habitait – Matsuko venait de l'apprendre, et cela aussi, il avait fallu des années pour qu'il crache le morceau – sur la même ligne, à vingt minutes en train du quartier de La Maison de Coco. C'est-à-dire du quartier où elle habitait elle-même et celui du fast-food où ils se trouvaient assis présentement.

— Mais tu es parfois absent, insista Matsuko.

— Ben, oui, évidemment, reconnut Shun en toute honnêteté. D'ailleurs, Mat-chan, tu en as un, toi ? De portable.

— Il va falloir que j'en aie un, justement. Exigence professionnelle.

C'est ce mensonge qui lui avait permis d'apprendre le numéro de portable de Shun. Le lendemain, elle avait acheté un smartphone.

Grossière erreur. Ce n'est pas parce que maintenant elle avait un smartphone qu'il allait se mettre à sonner. Fondamentalement, tant que Shun ne l'appelait pas, il ne sonnait pas. Et vu que Shun ne l'appellerait jamais, elle n'en pourrait plus d'attendre et c'est elle qui l'appellerait.

C'est ainsi que ce soir-là, en sortant de La Maison de Coco, après avoir quitté Kôko et Ikuko, dans les allées du quartier résidentiel, elle téléphona à Shun.

— Oui, oui.

Elle aurait parié qu'il ne décrocherait pas. Qu'en voyant que c'était elle, il la basculerait sur le répondeur. Elle s'était du moins trompée sur ce point. Shun avait répondu, tout à fait à l'aise, sans alarme particulière.

— C'est moi.

— Oui, oui.

Cette absence d'alarme particulière, c'était typique chez lui. Ce n'était pas qu'il acceptait les choses ou qu'il les recevait avec bonheur, il les prenait comme elles venaient parce qu'il n'avait pas la force de s'y opposer. Matsuko avait toujours eu cette impression. A moins que… peut-être était-elle la seule.

— Tu es où, là ?

— Là ? Euh, pas loin de la maison.

Et voilà, toujours cette façon prudente de parler. Surtout ne pas s'engager. Pas loin de. Ça veut dire quoi, ça ? Je ne suis pourtant pas une démarcheuse qui essaie de lui vendre un extincteur, nom d'un chien.

— L'amie avec qui je vais boire d'habitude après le travail n'est pas très bien aujourd'hui…

— Oui, oui.

— Et moi, si je ne bois pas un verre à la fin de la journée, je ne me sens pas détendue, tu le sais.

— Oui, oui.

— Ça ne te dirait pas d'aller boire un coup ? Je peux aller vers chez toi, si tu veux. Enfin, pas *chez* toi, je veux dire, dans un débit de boissons ou un truc quelconque du côté de chez toi, par exemple.

Il y eut un blanc. Elle sentit que Shun était en train de réfléchir. Pas *longtemps*, mais un certain temps. Puis il répondit, mais pas «Oui, oui». Plutôt «Hummm».

— C'est que j'ai un boulot à rendre avant demain. Et puis, j'ai déjà pris mon bain. J'ai trop bu hier avec les types du boulot, je m'étais plutôt dit que j'allais m'abstenir, pour ce soir.

Avait-il vraiment besoin d'aligner trois prétextes? Surtout que ça n'allait pas avec son «pas loin de la maison» de tout à l'heure, eut envie de lui hurler Matsuko à la figure mais elle le garda pour elle, bien entendu. Ah bon, répondit-elle à la place.

— On pourrait aller pique-niquer sous les cerisiers en fleurs, alors, un de ces jours, ajouta-t-elle prudemment, prenant à son tour un ton dégagé.

— Ah oui, bonne idée, super! répondit-il instantanément.

Parce que les cerisiers en fleurs, c'était encore dans un avenir indistinct. Elle le savait tellement qu'elle n'avait même plus envie de s'en réjouir.

— Ce ne serait pas le jour idéal pour pique-niquer sous les cerisiers, demain? proposa Kôko le samedi.

— Quelle bonne idée! renchérit Ikuko.

Et c'est reparti, le rétablissement aura été rapide, se dit Matsuko. Enfin, on a passé l'âge de trépigner, c'est sûr.

Mais elle ne répondit pas qu'elle aussi était partante, empilant les invendus de midi comme si elle n'avait pas entendu.

— Hé, Matsuko, je te cause ! *O-hanami*, qu'est-ce que tu en dis ?

— Sans moi. Vous m'avez remballée quand je vous en ai parlé la dernière fois, alors je suis désolée, j'ai d'autres engagements, maintenant.

Ce qui était vrai, raison pour laquelle la phrase, bien que longue, était venue sans accroc.

Oh, tu ne vas pas nous faire faux bond, quoi… Allez, il va faire beau, demain.

Tiens, pour une fois, c'est le même son de cloche chez toutes les deux.

Evidemment, elle ne put s'empêcher de penser que décidément, ces deux-là, on en avait vite fait le tour. Elle les laissa insister et s'apprêta à rentrer. Elle devait se préparer pour le lendemain. Parce que, le lendemain, elle aussi allait pique-niquer sous les cerisiers en fleurs, mais avec Shun.

Il faut dire la vérité, elle ne croyait pas que cela se ferait. Et surtout pas que Shun l'appellerait sur son portable à elle pour confirmer. C'est demain qu'on va pique-niquer sous les cerisiers, pas vrai ? avait-il lancé, comme pour confirmer quelque chose de déjà décidé, sur un ton familier, pour ne pas dire « familial ».

Enfin, chat échaudé craint l'eau froide, il n'était pas question de baisser sa garde. Elle ne savait que trop bien, par expérience, qu'il avait encore amplement le temps de se désister. Aussi, c'est avec le sentiment que rien ne pouvait se montrer plus dévastateur qu'une brise printanière que Matsuko se rendit au rendez-vous le lendemain. Eh bien, incroyable mais vrai, à l'entrée du parc, comme convenu, il était là.

— Bonjour ! fit Shun en levant une main.

Pantalon de coton, polo bleu ciel et veste beige, il avait tout du père de famille en congé. De l'autre main, il tenait un sac de supermarché contenant ce que l'on pouvait supposer être des canettes de bière.

Matsuko leva elle aussi une main et sourit à l'unisson. Non ? Incroyable ! Mais on dirait… un couple !

Enfin, s'ils étaient un couple, ils seraient venus ensemble de la même maison, ils n'auraient pas eu besoin de se donner rendez-vous, c'est sûr… Mais enfin, on pourrait presque imaginer un couple dont le mari est en poste au loin et qui se retrouve pour passer quand même une journée ensemble, ça, c'est possible, non ?

Cette pensée suffit à faire rougir Matsuko.

Dans le parc, Shun se chargea galamment et tout naturellement du grand sac que Matsuko avait apporté, ce qui provoqua une deuxième rougeur, non sans un léger pincement au cœur ;

en effet, il ne pouvait s'agir que d'une attitude que Shun avait apprise durant ses sept ans de mariage. La voie de l'amoureuse d'un homme marié est tapissée d'aiguilles, les séries télé l'avaient amplement éclairée sur ce point, mais elle découvrait que sortir avec un homme qui *fut* marié n'est pas tout lisse non plus.

Ils se trouvaient à peu près à égale distance de l'appartement de l'un et de l'autre. Un jardin public sans rien d'autre qu'une pelouse et des arbres. Bien que l'endroit fût très réputé pour ses cerisiers, et que le temps fût parfait en ce dimanche de la pleine saison des *sakura*, il y avait suffisamment d'espace et on était loin de la foule que l'on peut trouver en d'autres lieux plus centraux de la capitale.

Ils s'installèrent à proximité d'un gros cerisier, à la bonne distance pour l'admirer, loin du centre du parc occupé par des groupes criards. Shun sortit deux carrés de vinyle de la poche de sa veste, si bien que Matsuko s'abstint de sortir la bâche qu'elle-même avait préparée, même si la sienne était bien plus grande, et posa simplement la boîte à bentô contenant diverses choses à manger entre eux deux.

— Oh, mais ça a l'air bon, tout ça !

Et, certes, entendre ce cri du cœur de Shun lui fit plaisir. La suite était moins héroïque mais ne sonna pas comme une critique non plus.

— C'est vrai, tu travailles chez un traiteur, je crois…

Les cerisiers au loin ressemblaient à des pâtisseries décoratives et les pétales qui voletaient faisaient comme une brume au-dessus d'eux.

Les cris des ivrognes, les pleurs et les rires des enfants leur parvenaient de façon intermittente, portés par le vent. Pour la première fois, Matsuko eut le sentiment qu'elle ne déparait pas, qu'elle pouvait se dessiner elle-même dans ce paysage pastel.

Ils trinquèrent avec leurs canettes de bière. Shun ne perdit pas de temps et tendit la main vers la boîte à bentô. Il commença par une bouchée d'omelette au *dashi*, exactement comme Matsuko l'avait prévu.

— C'est excellent, dit-il avec le sourire en la regardant.

Elle n'avait jamais été aussi heureuse de travailler dans une boutique de plats cuisinés, même si Shun ne s'en souvenait pas toujours. Elle était une professionnelle. Oui, elle faisait la cuisine tous les jours, alors elle s'y entendait un peu quand même. Et disons-le franchement, elle était très satisfaite de ce qu'elle avait préparé aujourd'hui. A l'étage supérieur se trouvaient l'omelette au *dashi*, les pousses de bambou de saison bouillies terre et mer avec de la bonite séchée *katsuobushi*, les tiges de pétasites marinées dans le miso ; à l'étage intermédiaire, les morceaux de poulet en sauce teriyaki, les mini-croquettes de taro et les feuilles et fleurs de colza étuvées ; et tout en bas, des boulettes de riz aux petits pois en forme de pavés ronds.

Comme Matsuko, Shun n'était pas un gros buveur. Et ils buvaient à peu près au même rythme. Quand ils eurent fini deux canettes de 35 cl chacun, ils se sentaient déjà bien. C'est sur ces entrefaites que Shun se mit à parler.

— Ce riz aux petits pois, tu sais… C'est très beau, et c'est délicieux aussi, je ne dis pas. Mais ce serait encore mieux si on sentait plus le goût des petits pois. Même si la couleur n'est pas aussi jolie, même s'ils sont un peu écrasés, tu vois…

Matsuko était justement en train d'en prendre une boulette entre ses doigts. Une jolie boulette, bien blanche avec les petits pois vert clair bien vifs, bien nets.

— Tu veux dire, du riz cuit *avec* les petits pois, tu parles du riz aux petits pois familial ordinaire, toi.

— Oui, évidemment, acquiesça Shun sans hésiter.

Et cette évidence provoqua un nouveau pincement au cœur à Matsuko.

Non, non, surtout ne pas le dire. Ne le dis pas, ne le dis pas, surtout ne le dis pas.

— D'ailleurs, pourquoi tu t'es marié, dis-moi ?

Et voilà, elle l'avait dit. Le sourire de Shun se figea d'un seul coup. Mais pourquoi l'avait-elle dit ? Alors qu'ils étaient bien là tous les deux à admirer les cerisiers en fleurs. Et tout le long travail de tri qu'il allait falloir reprendre à zéro, maintenant…

— Mais tu n'as que ce mot à la bouche, c'est pas croyable !

C'était comme une voix du ciel, une voix de femme qui descendait sur elle. Matsuko déglutit et se retourna. Non, ce n'était pas Dieu en personne qui s'adressait à elle, c'était juste la femme d'un couple assis un peu plus loin, cinq mètres derrière eux.

Le couple était jeune et assis dos à eux. La jeune femme venait de bondir sur ses pieds avec colère. Le jeune homme à son tour se leva pour être à sa hauteur. Ils se firent face, c'est-à-dire que Matsuko les vit de profil.

Et là, dans un tout petit coin de son esprit presque entièrement accaparé par le remords de la phrase qui lui avait échappé, elle s'entendit dire :

Tiens, Susumu…

BOURGEONS DE PÉTASITES

Elle s'en doutait : le colis express venait bien de sa belle-sœur.

Elle avait trouvé l'avis de passage du transporteur le samedi et demandé une seconde livraison pour le lendemain dimanche. Bien que le soleil fût encore haut, elle revint de la cuisine une canette de bière à la main. Non pas pour se mettre à la fenêtre devant le jardin public, où elle commençait toujours sa première bière d'habitude, mais pour aller directement, le colis dans l'autre main, dans la chambre à tatamis, face au balcon. Elle but deux gorgées, puis commença à ouvrir le paquet.

Parfaitement emballé, comme toujours. Sous le premier papier, du papier à bulles. Puis une boîte en carton (oh, une boîte de *Peanuts monaka* cette année !). Et enfin les bourgeons de pétasites.

Les pétasites sont beaucoup moins grosses que celles que l'on trouve parfois chez les marchands de primeurs à Tokyo, mais chargées de bourgeons vert tendre. Plusieurs bourgeons ont déjà éclos. Une demi-feuille de papier rose pâle est posée sur le papier absorbant qui les enveloppe.

Passe-les sous l'eau pour enlever la terre avant de les cuire !

Le même message avec la même écriture que chaque année.

Sa belle-sœur tenait un gîte dans la région de Nagano depuis son mariage avec un montagnard. Son mari était mort de maladie mais sa fille et son gendre l'aidaient.

Des pétasites, Ikuko en recevait ainsi une botte chaque année au printemps de la part de sa belle-sœur, depuis son mariage avec Shunsuke (la belle-sœur s'était mariée la première). Sauf l'année dernière, quand Shunsuke était décédé. Elle avait toujours eu de bonnes relations avec sa belle-sœur, et depuis le décès de Shunsuke, elles s'étaient téléphoné et écrit à plusieurs reprises, mais elle avait cru que les pétasites, c'était fini, il n'y en aurait plus.

Ikuko but sa première canette, prit un bourgeon de la botte pour en humer le parfum. Il y en avait la même quantité que d'habitude. De toute façon, même du vivant de Shunsuke, il n'y avait presque qu'Ikuko qui en mangeait. Shunsuke les aimait en tempura, mais dès qu'elle les ajoutait dans la soupe au miso ou les faisait revenir avec du mirin et du miso, il n'appréciait pas vraiment.

Il faisait le dégoûté en disant que ça avait une odeur de poivron.

— Oh ! Les beaux bourgeons de pétasites ! s'écria Kôko.

— Et encore terreux, en plus ! ajouta joyeusement Matsuko.

— Je me disais, est-ce qu'on ne pourrait pas les cuisiner avec du miso et en fourrer des boulettes de riz ? suggéra Ikuko.

Faire cette proposition allégeait énormément son cœur. Décidément, elle avait bien fait de venir travailler ici, pensa-t-elle, et ce n'était pas la première fois qu'elle le pensait. A la vérité, elle ne s'attendait pas à rester aussi longtemps.

Ikuko se faisait cette réflexion tout en émincant les bourgeons de pétasites nettoyés de leur terre. Bien sûr, dès le début elle avait fait du mieux possible, jamais il n'avait été question d'autre chose, mais très honnêtement, elle ne pensait pas être capable de grand-chose, elle n'avait aucune confiance en ses capacités. Mais elle voulait avancer, se sortir de sa situation, c'est la raison pour laquelle elle avait postulé en voyant l'annonce devant La Maison de Coco. Parce que pour le reste, elle s'attendait à être vite fatiguée des relations avec deux femmes de son âge.

Eh bien, le moins qu'on puisse dire, c'était qu'elle s'était entièrement trompée dans ses prévisions. Il lui fallait reconnaître qu'elle s'entendait plutôt bien avec Kôko et Matsuko, même si tout n'était pas rose. D'une certaine façon, comme elle avait décidé de travailler à La Maison de Coco sur la foi de son expérience après avoir mangé plusieurs fois des plats que ces deux-là avaient cuisinés, c'était la preuve qu'elle n'avait pas si mauvais goût que ça. La Maison de Coco commençait à devenir pour elle quelque chose de plus important qu'un travail alimentaire, se disait-elle.

Les pétasites émincées étaient passées à la poêle ; miso, saké, sucre ; et on incorporait le tout.

Sa seule inquiétude à l'heure actuelle concernait l'état de santé de Kôko. Depuis quelque temps, ce n'était pas la forme, manifestement. Ou plus exactement, ses déploiements d'énergie sonnaient creux. Matsuko aussi semblait nerveuse ces derniers temps. Agitée, disons. Ma foi, elle était mal placée pour leur faire la leçon, elles en avaient probablement autant à dire sur son compte. Une chose est sûre, quand on arrive à cet âge, les soucis font partie du lot commun.

Ikuko piocha une cuillerée pour goûter. C'est bon. Et trouver bon les bonnes choses, c'est bien ce qu'on appelle le bonheur, pas vrai ?

Justement, le riz était prêt. Pendant que Kôko et Matsuko confectionnaient les boulettes, Ikuko fit des tempuras avec un petit reste de pétasites qu'elle avait réservé dès le début. Pas pour vendre, non. Elles les mangeraient rien que toutes les trois.

— Ha ha ha ha ha !

— Oh, bravo !

— Allez, à table pendant que c'est chaud.

Elles avaient déjà les baguettes en main quand la sonnette des livraisons retentit. Ikuko, qui se trouvait le plus près de la porte, se leva.

— Tout de suiiiite !

Elle afficha rapidement un sourire sur son visage en apercevant Susumu.

— A vot' service ! lança Susumu d'une voix forte en déposant le lourd sac de riz.

Puis, se penchant vers Ikuko, il ajouta à voix basse :

— Je peux vous parler une minute ?

Ce soir-là, à la fermeture, Kôko et Matsuko s'éloignèrent pour aller boire à La Tempête, laissant très opportunément Ikuko partir seule de son côté. Il faut dire que lors de la fameuse fête à La Tempête, non seulement elle avait fait la démonstration qu'elle buvait, mais qu'elle buvait trop. Elle ne pouvait donc plus refuser de boire sous prétexte qu'elle ne buvait pas. Quant au prétexte invoquant un horrible sentiment de culpabilité chaque fois qu'elle buvait, il ne tiendrait pas indéfiniment. Kôko et Matsuko croyaient sans doute que la dernière fois, Ikuko s'était enivrée parce qu'elle buvait rarement. Sinon elles ne lui auraient pas dit « Quand on boit, c'est pour être soûle » ou « Ça arrive à tout le monde ». C'était pour la consoler, pour l'inviter à se détendre. Elle ne se sentait pas le courage de leur avouer qu'elle était vraisemblablement déjà alcoolique.

Susumu lui avait donné rendez-vous à voix basse dans ce fast-food, derrière la gare. Elle n'était pas tout à fait convaincue qu'un établissement si fortement éclairé avec de grandes baies vitrées donnant sur l'avenue était le meilleur endroit pour un rendez-vous secret, mais au moins ni Kôko ni Matsuko n'étaient supposées passer par là, même au cas où elles décideraient de rentrer chez elles sans faire un tour à La Tempête.

N'en parlez pas à Mme Kôko ni à Mme Matsuko, avait murmuré Susumu. Evidemment, elle n'allait pas se mettre à frétiller d'espoir en croyant à un rendez-vous galant, pourtant, elle ne pouvait nier que son cœur battait un peu fort. Quel était ce « conseil » que Susumu voulait lui demander ? Il avait fait un peu la tête suite à l'assaut alcoolisé de Kôko, mais il avait retrouvé une attitude tout à fait normale à présent. Allons, allons, qu'allait-elle s'imaginer ? C'était sûrement en rapport avec ce que Matsuko lui avait raconté l'autre jour…

— Figurez-vous que Susumu a une copine, avait raconté Matsuko, une dizaine de jours plus tôt.

Kôko était sortie pour aller à la banque et elles étaient toutes les deux seules à confectionner des croquettes de pommes de terre avec jambon et petits pois.

— … Je l'ai aperçu l'autre jour au parc de R. alors qu'il pique-niquait sous les cerisiers en fleurs.

Ce n'était pas vraiment ce que faisait Susumu au parc de R., mais plutôt ce qu'y faisait Matsuko, qui intéressait Ikuko.

— Au parc de R. ? Toi aussi tu y étais pour *O-hanami* ?

— Hein ? Eh bien… Ma foi, ce n'était rien de grandiose, je ne sais pas si ça mérite le terme d'*O-hanami*, mais bon… oui.

Ikuko avait senti entre les lignes que Matsuko avait peut-être plus envie de parler de ce qui lui arrivait à elle que de Susumu.

— Non ? Et avec qui ? avait donc demandé Ikuko.

— Euh… Avec qui ? Bah, une connaissance, disons.

Le rouge aux joues de Matsuko était plus éloquent.

— Tu veux dire, avec ton chéri ?

— Non, attends… Mon « chéri », ça ne veut rien dire…

— Donc c'était bien un rendez-vous galant.

— Non, mais, ça va, ce n'est pas de moi qu'on parlait, là.

Matsuko, rouge comme une tomate, fabriqua trois croquettes sans plus rien dire. Trois croquettes régulières, pas une plus grande que l'autre, bien rondes, rien à dire de ce côté-là, des croquettes de pro, quand même, admira Ikuko.

— En tout cas, elle a l'air d'avoir un sacré caractère, sa copine, reprit Matsuko. Ça ne m'a pas l'air parti pour durer bien longtemps, cette affaire. Et s'il a si mal pris l'offensive de Kôko, l'autre fois, je me demande si ce n'est pas un peu aussi parce que ça ne marche pas fort avec sa copine.

Moui… De son avis à elle, si Susumu l'avait si mal pris, c'était surtout de la faute de Kôko, pensait Ikuko.

Le passage à niveau devant lequel Ikuko se faisait ces réflexions se releva. Elle franchit les voies.

Par les grandes fenêtres du restaurant illuminé, avec son aspect de boîte aux couleurs fluo, Ikuko aperçut Susumu.

Un coude posé sur le dossier de la banquette, il tripotait son smartphone sans surveiller la fenêtre, comme s'il avait oublié qu'il avait rendez-vous avec elle.

Au moins, cela lui laissa tout le loisir de le regarder avant de franchir la porte d'entrée. De regarder en détail ce jeune homme qui avait le visage de son fils mort dans sa deuxième année. Elle avait toujours rêvé, ne serait-ce qu'une fois, d'avoir rendez-vous avec son fils. Et tant d'autres choses aussi, évidemment.

— Ah, pardon.

Ce n'est qu'une fois parvenue devant sa table que Susumu leva les yeux et la reconnut, comme s'il se réveillait d'un rêve.

Ikuko commanda un Coca-Cola en en voyant un verre devant lui. Pour prendre la même chose que lui. A vrai dire, elle aurait préféré une bière, car boire de l'alcool avec son fils était l'un des items de sa liste. Mais il était hors de question de se laisser aller aux débordements de l'autre fois, même si, par bonheur, à cause des frasques de Kôko, Susumu n'avait peut-être pas remarqué qu'elle-même avait amplement dépassé les bornes.

— Alors, de quoi veux-tu me parler ?

Même sans bière, sans doute était-elle déjà un peu partie pour attaquer d'entrée de jeu sur ce ton. Susumu resta un instant interdit.

Ikuko le regarda de nouveau, cette bouche immobile qui émettait néanmoins un « hum » de gorge, cette main qui touillait sans raison son Coca-Cola, le sommet de son crâne…

Et si je lui caressais le front. Je peux, non ?

Elle allait tendre la main, quand…

— Eh bien, commença Susumu, il se trouve que j'ai une copine.

— Ah bon ? C'est vrai ?

Clairement, le ton avait dépassé son intention.

— Formidable, ajouta-t-elle précipitamment. Et… c'est ça que tu voulais me dire ?

— Ben, oui. Je ne sais pas. Comme Mme Matsuko m'a donné un ultimatum…

— Un ultimatum ?

— L'autre jour, elle nous a vus. Je veux dire, quand j'étais avec ma copine. Et elle a dit : « Hé, je vais te balancer, moi ! Si tu ne veux pas que je te balance, t'as intérêt à sortir avec Kôko ! »

Ikuko en resta bouche bée.

— Non, je veux dire… se dépêcha de corriger Susumu. En fait, je m'en fous, qu'elle me balance ou pas. Mais je me demande si elle veut vraiment que j'invite Mme Kôko à sortir. Comment dire… Je ne comprends pas très bien. Parce que, comment dire, à la façon dont Mme Matsuko a lancé cet ultimatum, ça avait l'air assez sérieux. Alors est-ce que ça veut dire que Mme Kôko est sérieuse, elle aussi ? Mme Kôko, elle est comme elle est… Le jour de la fête, elle s'est bien moquée de moi, je pense, ça m'a assez énervé. Mais si elle était vraiment sérieuse, j'ai peut-être eu tort.

Moi aussi, j'étais un peu tendu, cette fois-là, j'avais des soucis, en fait, ajouta Susumu d'une toute petite voix.

Ah, voilà, c'est bien ça, il a des soucis, pensa Ikuko avec un demi-sourire compatissant. Il est gentil. Un bon garçon. Enfin, un peu fragile, quand même. Besoin de se faire cajoler, hein. Eh bien, si j'étais sa mère, moi, je le mènerais un peu plus à la dure, je lui apprendrais un peu la vie. D'ailleurs, c'est peut-être de notre faute, on l'a trop gâté, si ça se trouve.

— Mme Kôko, je l'aime bien, mais pas en amoureux, quand même.

— Eh bien, moi je crois que tu devrais l'inviter à sortir, dit Ikuko, cinglante.

— Pardon ?

— Même si je me fais un peu de souci pour toi.

Susumu portait un tee-shirt bleu ciel avec un gros 7 noir imprimé. L'ombre qu'elle voyait sur son menton et sur ses joues n'était pas une barbe mal rasée, plutôt une velléité de barbe encore à venir. Il ne suffit pas d'avoir de la barbe au menton pour avoir un visage d'adulte.

— Du souci ?

— Oui. Parce que tu risques d'être déçu.

— Comment ça ?

— Si tu crois que Kôko est amoureuse de toi...

— Hein ?

— Enfin, tu devrais quand même l'inviter, moi je pense.

Ikuko ramassa la note sur la table et se leva. Susumu se réveilla, essaya de la rattraper en disant : « C'est pour moi. » Ikuko, qui pensait dire « Laisse », se ravisa et la lui tendit.

— Oui. Merci. Et tu vas me faire le plaisir de sortir une fois avec elle, compris ? Et une autre fois avec moi, d'ailleurs.

Une fois rentrée chez elle, elle eut un moment d'hésitation avant de s'ouvrir une bière. Elle la but à petites gorgées, lentement, avec de petites bouchées des pétasites au miso disposées devant les photos de son mari et de son fils en trois mini-parts égales prélevées sur ce qu'elle avait cuisiné à la boutique.

La bière n'était pas bonne. Peut-être un peu la faute du Coca-Cola de tout à l'heure. D'ailleurs, elle n'avait jamais vraiment aimé le goût de la bière. Avait-elle vraiment besoin de boire ce soir ? Elle se le demandait. Mais si elle ne buvait pas, comment cela allait-il tourner ? La réponse à cette question lui faisait tellement peur, c'est pour cela qu'elle avait tiré sur la languette de la canette. C'est bizarre, non ? Avoir peur, non de faire quelque chose, mais de *ne pas* faire quelque chose.

La délicieuse amertume des pétasites transparaissait même à travers le miso doux. A la boutique, elles les avaient posées sur la pointe d'une boulette de riz triangulaire. Une dame qui en avait pris deux à midi était revenue le soir et avait été déçue d'apprendre qu'il n'y en avait plus. Sa déception faisait pitié à voir. Mais il n'y en avait pas suffisamment pour le soir, c'est sûr.

Et pourtant, la veille, en recevant les pétasites, Ikuko s'était sentie fâchée contre sa belle-sœur.

Pourquoi persistait-elle à lui en envoyer? Puisque Shunsuke était mort, l'envoi de bourgeons de pétasites n'avait plus de raison d'être, non? Elle ne détestait pas sa belle-sœur, non, mais elle ne supportait pas que quelque chose continue comme avant, comme si on ne pouvait pas tourner la page, cela la dépassait. Cela la rendait triste, ou plus exactement, elle se sentait contrainte, oppressée.

C'était comme si la belle-sœur lui disait, mon grand frère est mort mais pour toi, la vie continue, non? Qu'est-ce que ça change à ta vie à toi? Sauf que ce n'était certainement pas ce que sa belle-sœur avait en tête, mais bien ce qu'elle, Ikuko, avait dans le cœur. C'était son cœur qui lui disait, ton deuil passera et tu aimeras toujours autant le goût des pétasites, n'est-ce pas? Comme depuis que ton fils est mort, tu n'as pas arrêté de penser que c'était Shunsuke qui aurait dû mourir à sa place, pas vrai?

Les pétasites au miso étant en réalité bien meilleures que la bière, elle avait tout fini avant de vider sa première canette. Et voilà… il n'y en a plus… dit-elle à haute voix. Alors tout bascula et les images de la mort de son fils Sô lui revinrent. Chaque fois que cela lui arrivait, elle se dépêchait d'avaler de grandes rasades de bière. Mais elle n'en fit rien cette fois et, au contraire, laissa venir à elle, lentement, en pleine conscience, le souvenir.

On était en février. Un matin glacial, grand soleil. Après que le médecin lui avait annoncé que Sô était mort, dans la chambre de l'hôpital, Ikuko s'était tournée vers la fenêtre. Pour voir n'importe quoi d'autre que ce qu'elle avait sous les yeux et qu'elle ne voulait pas accepter.

C'était un peu après huit heures. L'hôpital se trouvait en bordure de la voie ferrée. Il y avait un passage à niveau. Des gens attendaient que la barrière se relève. Des employés en costume-cravate, un jeune les mains enfoncées dans les poches de son blouson tout gonflé, une jeune fille à vélo, une collégienne sans doute, en duffle-coat camel, une écharpe rayée blanc et bleu autour du cou.

Mais non, tu vois, il ne s'est rien passé, avait pensé Ikuko. Tout le monde est exactement comme d'habitude. Le paysage était à peine un peu plus pâle que d'ordinaire, peut-être. Mais c'était sans doute à cause du froid. Elle ne sentit plus ses jambes, le sol se gondola, elle chavira. Quand elle se ressaisit, elle vit le lit où reposait Sô, des machines que les infirmiers avaient fait entrer dans la chambre avec empressement et, un peu à l'écart, son mari, debout, incongru. Comme déteint, lui aussi, sec, sans expression, comme une autre machine qui aurait été mise là par erreur.

Sô était mort d'un rhume. Le temps qu'on diagnostique une pneumonie, c'était trop tard. Tu vois, je te l'avais dit. Dans sa tête Ikuko entendit sa voix, comme une musique lointaine, presque inaudible, mais résonnant pour l'éternité. Tu vois, je te l'avais dit qu'il fallait vite l'amener à l'hôpital, je te l'ai dit. Et toi, tu as dit, ce n'est qu'un rhume, tu n'as pas voulu te déranger. On ira demain matin à la première heure, ça suffira. Parce que tu es médecin, peut-être ? C'était trop tard, et c'est de ta faute.

Ces paroles n'ont en réalité jamais franchi les lèvres d'Ikuko. Et peut-être est-ce précisément la raison pour laquelle la voix qui les prononce n'a cessé de tourner depuis ce jour dans sa tête, comme un poste de radio détraqué grésillant en sourdine. Tout au long des trente et quelques années de leur vie commune. Et certainement, Shunsuke le savait, pense-t-elle.

La canette n'est qu'à moitié vide, mais Ikuko a arrêté de boire. Elle la dépose dans l'évier avec les petites assiettes qui ont contenu les bourgeons de pétasites au miso.

Quand elle a fini la vaisselle, elle téléphone à sa belle-sœur.

Le premier jour du grand pont du mois de mai, il faisait un grand ciel bleu, un grand soleil, presque trop chaud.

Elle était partie à cinq heures du matin, mais le trafic était si dense qu'il était midi passé quand ils quittèrent l'autoroute. Il restait encore environ une heure de petites routes pour arriver au gîte rural de sa belle-sœur.

— Il commence à faire faim. On se pose quelque part ? demanda Susumu.

Susumu s'était fait prêter la voiture d'un copain. Ikuko pensait en louer une, mais Susumu l'avait convaincue qu'à la veille de la Golden Week, il n'y aurait sans doute plus rien de disponible et il s'était débrouillé Dieu sait comment pour dégoter celle-là, une Witz orange. Enfin, c'est Susumu qui lui avait dit que c'était une Witz. Et évidemment, c'est Susumu aussi qui conduisait.

— Ikuko-san, vous n'êtes pas fatiguée ?

— Moi non, ça va…

— Bon, alors on continue jusqu'au bout ? Il y aura bien quelque chose de bon pour nous, j'espère ?

— Oui, il vaut mieux attendre et manger quelque chose de bon que se remplir l'estomac avec n'importe quoi.

Susumu prit la direction des montagnes, dont les sommets étaient encore enneigés. Jusque-là, il avait conduit sans prendre de risques. J'adore les voitures, j'adore conduire, avait-il dit. Mais ce n'était tout de même pas pour le seul plaisir de conduire qu'il avait choisi de gaspiller deux jours du pont du mois de mai pour l'accompagner au gîte de sa belle-sœur.

Certes, elle lui avait dit qu'il lui devait au moins une sortie avec elle, mais elle n'avait pas cru qu'il accepterait. En d'autres termes, si elle avait invité Susumu, c'était plus pour mettre à l'épreuve son désir à elle de réellement se rendre chez sa belle-sœur. Susumu avait eu une brève hésitation, puis avait dit: «Bonne idée. Je vous accompagne.»

Si j'ai une raison pour passer deux jours dans ce gîte-là, je suis sûre que ce garçon en a une autre pour accepter de passer ses vacances avec une dame de la boutique de plats cuisinés où il livre du riz, se disait Ikuko. Au pire, c'est juste qu'il n'a pas d'autre projet pour la Golden Week.

— Oh! Un lac! s'écria Susumu.

Ikuko retrouva spontanément le nom des deux lacs en enfilade.

— Vous venez ici chaque année?

— D'habitude, je viens un peu plus tard. Quand il fait trop chaud à Tokyo.

— En train?

— Non, en voiture. J'avais un mari, jusqu'à il y a deux ans.

— Ah…

Susumu acquiesça mystérieusement.

Tout le monde meurt un jour. Combien lui faudra-t-il encore de mois ou d'années pour comprendre toute la cruauté de cette vérité? se dit Ikuko.

— Pardon?

— Non, rien, je parlais toute seule.

A vrai dire, Ikuko avait répété à mi-voix le nom des deux lacs qu'ils avaient maintenant dépassés. Elle se souvenait. Chaque année, Shunsuke conduisait, et c'est elle qui s'extasiait : « Ah ! Le lac ! » Exactement comme venait de le faire Susumu. Et c'était Shunsuke qui, comme maintenant Ikuko, lui rappelait d'un ton solennel le nom des lacs. La même scène se reproduisait chaque année. Evidemment, Ikuko les connaissait, ces noms, mais elle ne les disait pas. Seulement : « Ah ! Le lac ! »

Oui, c'était comme ça, se souvenait Ikuko.

— Je te présente mon petit ami, Susumu.

Un instant, sa belle-sœur a ouvert de grands yeux, puis elle l'a accueilli avec un grand sourire.

— Enchantée. Je m'appelle Atsumi.

Atsumi était de trois ans plus jeune que son frère Shunsuke, ce qui lui faisait un an de plus qu'Ikuko. Autant Shunsuke était grand et mince, autant Atsumi était petite et bien en chair. Par contre, avec ses longs cils, ses yeux doux, ses lèvres minces, elle ressemblait beaucoup à son frère.

Certes, c'était la Golden Week, mais c'était le premier jour et la clientèle se pressait nettement moins que pendant la saison des sports d'hiver, par exemple. Le gîte avait belle allure, avec son crépi extérieur qui commençait à s'écailler par endroits. Cela lui donnait une atmosphère sereine de très bon aloi. La belle-sœur avait préparé un déjeuner spécialement pour eux, qu'elle leur servit dans sa salle à manger privée et non pas dans l'espace commun des clients. Pousses de bambou et *onigiri*, et bourgeons de pétasites au miso. C'est sa fille, qui tenait pour ainsi dire la cuisine toute seule maintenant, qui leur apporta la soupe au miso bien chaude dans laquelle flottaient quelques éclats de pétasites.

— J'en ai fait aussi pour la boutique.

— La boutique ?

Elle n'avait pas encore expliqué à sa belle-sœur qu'elle travaillait désormais. Ce fut donc l'occasion de raconter La Maison de Coco. On fait des plats cuisinés et c'est très bon. Il y a deux autres femmes à peu près de mon âge, Kôko et Matsuko, et moi, c'est Ikuko, n'est-ce pas ? Alors ça donne : « Vous venez ? On vous attend ! On y va ! » Et avec Susumu, « Droit devant », ça fait la série, tu vois.

— Susumu est notre livreur de riz préféré.

L'explication eut l'air de beaucoup plaire à Atsumi.

— Bref, Susumu, vous êtes un peu l'ange de La Maison de Coco, si je comprends bien !

— Oh non, c'est le contraire, essaya maladroitement Susumu pour faire le modeste. C'est que c'est le pays de la liberté, La Maison de Coco…

L'expression eut beaucoup de succès, elle aussi.

Le pays de la liberté.

Pas sûr que Susumu l'ait dit dans un sens absolument positif. Mais c'est bien dit, ça sonne bien, pensa Ikuko. Elle le raconterait à Kôko et Matsuko à son retour.

Après déjeuner, on se reposa un moment, puis on partit faire une balade jusqu'au versant le plus proche.

Il valait quand même mieux les connaître, ces petites routes de montagne, la belle-sœur fit donc monter Ikuko et Susumu dans son mini-van.

— Tu es déjà venue par ici, Ikuko ?

Les environs ne manquaient pas d'endroits pittoresques à admirer. Et comme ils avaient tendance à retourner voir leurs endroits préférés, malgré plusieurs dizaines de visites, il en restait encore un bon nombre qu'elle ne connaissait pas.

— Je ne suis pas sûre. Ça me dit quelque chose, je crois, répondit Ikuko en regardant la nature autour du petit lac endormi.

Les petites fleurs blanches des renoncules d'eau commençaient à se montrer à la surface du lac, sombre comme un verre de lunettes de soleil.

Soudain, Susumu leva un doigt.

— Ah ! Ça purifie le cœur, hein !

Ikuko et sa belle-sœur se regardèrent, puis éclatèrent de rire. Susumu ne comprit pas ce qu'elles trouvaient de si drôle et prit quelques pas d'avance.

Au-delà du lac apparut un étrange paysage. Vert et blanc. Les arbres étaient des feuillus, les pousses de l'année étaient en pleine croissance, en même temps il restait par-ci par-là quelques plaques de neige au pied des arbres.

— Les bourgeons de pétasites que je t'ai envoyés venaient d'ici.

— Ah, mais oui ! s'écria Ikuko.

Elle était déjà venue ici.

Il y a plusieurs années. Cette année-là, justement, ils n'étaient pas venus en été mais au printemps, comme maintenant, parce qu'elle avait voulu s'essayer à la cueillette des pétasites. Et c'est devant ce paysage blanc et vert, cet endroit où l'hiver et l'été cohabitaient, que Shunsuke lui avait dit : « Un paysage qui te ressemble. » Pas pour se moquer, juste comme une phrase qui déborde des lèvres.

Le souvenir lui était soudain revenu.

Et dans le même temps, elle comprenait que si elle était venue ici aujourd'hui, si lui était venue l'impérieuse nécessité de venir ici chez sa belle-sœur, c'était précisément pour cela, pour se souvenir.

CHOU SAUTÉ

Les petites baies de l'amélanchier du jardin devaient être mûres.

Les oiseaux y venaient, c'était un signe. Tiens, justement, il y en a deux.

Tout ce qu'il avait planté dans son jardin depuis qu'elle habitait ici poussait dru, et voilà que deux étourneaux gris venaient lui faire honneur.

Kôko les observait à travers les rideaux de tulle. Elle aurait bien voulu ouvrir les rideaux, mais elle se retenait pour ne pas les effaroucher.

Dans le temps, quand elle voyait un oiseau dans un arbre, elle ouvrait carrément la fenêtre et lui aboyait dessus comme un chien. Ils avaient un citronnier *yuzu* dans leur jardin. La première fois que Shiroyama l'avait vue faire peur aux oiseaux en imitant un chien, cela l'avait d'abord fait beaucoup rire – « Mais enfin, un chat a une voix beaucoup trop faible… » s'entendait-elle encore lui répondre – puis il lui avait expliqué : « Tu sais, les plantes font leurs graines en prévoyant aussi la part des oiseaux. » Depuis, elle acceptait que les oiseaux viennent chercher *leur part*.

Kôko attend que les étourneaux s'envolent pour sortir dans le jardin. Bien entendu, ce jardin-ci aussi est l'œuvre de Shiroyama. Ils avaient beau être en pleine séparation, il s'était mis en quatre avec beaucoup d'ardeur pour aménager un jardin qui plaise à Kôko. Et ça, c'était du Shiroyama tout craché.

Dans la mesure du possible, il avait laissé les arbres qui étaient là à l'époque de l'ancienne maison, mais l'amélanchier du Canada, c'était lui qui l'avait planté. Parce qu'il donnait de mignonnes petites fleurs blanches, puis des baies, il lui avait dit : « Il t'ira très bien, Kôko. » Amélanchier du Canada, ou *juneberry*. Les baies de juin. Comme son nom l'indique, au mois de juin, il donne quantité de petites baies rouges. Cela fait huit ans et il en donne toujours autant. Du Shiroyama tout craché.

Kôko était toute petite qu'elle savait déjà qu'en anglais *june* veut dire *juin*. Parce qu'une grande fille du quartier avait raté l'occasion de devenir une *june bride*. L'expression était encore rare à l'époque, mais la grande fille en question voulait absolument copier tout ce qui venait d'Occident, et elle s'était mis en tête de se marier en juin pour devenir une *june bride*. Elle avait tellement insisté que cela avait causé sa brouille avec la famille du jeune homme et la rupture des fiançailles.

L'affaire avait fait le tour du quartier, si bien que pendant un temps toutes les mères n'avaient eu que ces mots à la bouche, *june bride*. Avant que sa mère lui explique ce que cela voulait dire, Kôko s'imaginait que ce devait être quelque chose comme un jus de fruit particulièrement délicieux. Même après, d'ailleurs, c'était resté « quelque chose de particulièrement délicieux ». C'est pourquoi son mariage avec Shiroyama avait eu lieu en juin.

Ce jour-là, elle n'avait rien trouvé de vraiment attirant à acheter au marché.

La mer avait été mauvaise en fin de nuit, paraît-il, il n'y avait rien de tentant à part des chinchards. Pareil pour les légumes, quelques légumes d'été basiques, des aubergines, des tomates, des potimarrons, mais rien de transcendant. A part les choux. Du chou vert, qui avait l'air craquant à souhait. Elle en avait pris cinq.

L'élaboration du menu avait commencé sans enthousiasme.

— Du chou farci ? Par cette chaleur…

— Pourquoi pas au curry ? Tu as acheté du poulet, n'est-ce pas ? On le coupe en dés au lieu de le hacher, avec des petits piments, par exemple ?

— Ils sont tellement tendres qu'on a envie de les manger crus, non ?

— Du *coleslaw* ? Avec les chinchards frits, ça pourrait être pas mal…

— Ou en marinade au vinaigre doux ? C'est pas lourd, le goût est léger, avec un peu de piment rouge, juste pour relever.

Conclusion, on ferait trois choux farcis assaisonnés au curry, et les deux autres, l'un en *coleslaw* et l'autre mariné au vinaigre doux. A part ça, chinchards frits, croquettes de potimarron, aubergines et courgettes à la poêle…

Bon, ça pouvait aller.

— Sauf que si c'est pour manger tout de suite, le chou, c'est quand même meilleur sauté, non ? dit Matsuko déjà dans la cuisine, prête à s'y mettre.

— C'est bien vrai, ça. Le chou sauté, moi aussi, j'adore. Sauté au beurre, avec une rasade de shôyu, confirma Ikuko qui ouvrait les potimarrons.

— Moi, je le préfère à la sauce barbecue sucrée.

— Et toi, Kôko ? Shôyu ou barbecue ?

Kôko leva la tête de la marmite où elle faisait blanchir les feuilles de chou pour les choux farcis.

— Moi ? Au sel.

— Ah, tu n'as pas tort. Au sel aussi, c'est bien. La douceur du chou met bien en valeur le sel…

Pendant que Matsuko et Ikuko comparaient les mérites des différents assaisonnements possibles pour le chou sauté, le souvenir était revenu à Kôko.

Le banquet de noces avait eu lieu dans un restaurant de Ginza. Kôko s'était changée pour apparaître en robe de mariée. Convaincre les parents des deux côtés, pour qui une noce ne se concevait qu'en kimono, perruque et piques *bunkin takashimada*, et dans un restaurant traditionnel, n'avait pas été une mince affaire. Mais Kôko tenait absolument à un banquet en robe blanche. Puisqu'elle était une *june bride* !

La robe était une robe historique fabriquée par un couturier français et retouchée aux mensurations de Kôko – elle était alors évidemment un peu plus *smart* qu'aujourd'hui. Une vraie robe de rêve, avec des déluges de tulle et de dentelle. Qui avait déniché cette robe ? Shiroyama, cela va sans dire. Les antiquaires étaient alors bien plus rares que de nos jours, mais il avait fait des pieds et des mains pour elle. Du début jusqu'à la fin, il mettait toute sa passion dans tout ce qu'il faisait. Du Shiroyama tout craché.

Elle se souvient de cette journée dans les moindres détails. Les huit tables rondes couvertes de nappes jaune d'or. Les assiettes de porcelaine blanche à bordure dorée, très raffinées, dont les entrelacs étaient un rappel des motifs de la dentelle de sa robe.

Puis un menu complet de cuisine française, en commençant par une gelée de fèves et crevettes servie dans une demi-tasse. Et le rôti de pintade, c'était la première fois de sa vie qu'elle en mangeait, et la bouillabaisse avec son aïoli, tout était si délicieux, et pourtant, elle n'avait presque rien avalé. Parce que son cœur était déjà si plein d'émotions, elle n'avait plus de place, certes, mais aussi parce que son corset la serrait trop.

Elle avait ôté sa robe après le banquet, mais pendant le deuxième banquet qui avait suivi, celui pour les amis de son âge, elle avait été si occupée à parler avec chacun qu'elle n'avait quasiment rien avalé non plus. Alors, quand elle était rentrée chez elle, tard dans la nuit, elle s'était sentie l'estomac dans les talons.

Haku, j'ai faim.

Cela avait été le cri du cœur, ses premières paroles de jeune mariée pendant sa nuit de noces. Shiroyama se moquait encore d'elle des années plus tard ! Ils habitaient déjà ensemble depuis un moment, mais à cause des préparatifs du mariage et de tout un tas de choses, cela faisait des jours qu'ils n'avaient pas pris un repas digne de ce nom chez eux. Le réfrigérateur ne contenait qu'un quart de chou blanc. Alors Shiroyama lui avait fait du chou sauté. A cette époque, le niveau de Kôko en cuisine était nul, égal à zéro. C'est vrai, et elle revoyait tout comme si c'était encore là devant ses yeux. Elle revoyait Shiroyama ôtant la veste beige qu'il portait depuis le banquet, retroussant les manches de sa chemise blanche, ses bras musclés agitant la poêle, les dessins de ses veines légèrement apparentes, les moindres plis de sa chemise coincée pendant plusieurs heures dans son pantalon.

Shiroyama avait d'abord fait revenir lentement l'ail dans du beurre. Quand le parfum s'était bien répandu, il avait ouvert le feu au maximum et ajouté le chou. Pour seul assaisonnement, du sel et une bonne dose de poivre noir moulu.

Et voilà, madame. Chou sauté, pain toasté et café. Son premier repas en tant qu'épouse de Shiroyama.

— Il s'est mis à pleuvoir, déclara Susumu en s'essuyant le front, après avoir posé son sac de riz.

Il portait un tee-shirt blanc avec une grosse flèche rouge imprimée et une casquette de base-ball avec la visière en arrière. Mais ce n'était pas la pluie qu'il avait essuyée, c'était sa sueur.

— Eh bien, reste à l'abri en attendant qu'elle cesse. On a des jus de fruits.

— Mais arrête de le traiter comme un gamin, voyons !

Susumu éclata de rire.

Ha ha ha ha, renchérit Kôko pour ne pas être en reste. On n'allait pas reparler des vieilles histoires, Susumu était redevenu le bon garçon qu'il n'avait jamais cessé d'être. Mieux qu'avant, même, plus affable, pour tout dire. C'est la jeunesse, les cellules se régénèrent vite, pensa Kôko.

Mais, il faut dire ce qui est, les changements d'humeur de Susumu semblaient se produire tout à fait indépendamment d'elle. Et la pensée que la Terre pouvait tourner sans qu'elle y soit pour quelque chose lui était désagréable. Mettons-y bon ordre.

— A propos de notre mariage…

Il fallait absolument qu'elle mette les pieds dans le plat, c'était plus fort qu'elle. Elle avait pourtant vu les effets de ses sorties.

— Notre mariage à nous deux ? répondit Susumu avec un sourire indulgent qui énerva encore plus Kôko.

On ne lui demandait surtout pas d'avoir l'air à l'aise avec les conventions sociales, il ne manquerait plus que ça !

— Moi, je te préviens, je veux une robe de mariée en dentelle blanche, mais je ne suis pas non plus complètement hostile au kimono et perruque *bunkin takashimada*. Ça dépend de toi, Susumu, qu'est-ce que tu préfères ?

— Ah, bah, les vêtements occidentaux, quand même !

— Alors, ça veut dire smoking pour toi, c'est ça ?

— Carrément. Smoking bleu acier, chemise à jabot, nœud pap en lamé miroir, j'ai trop envie !

Il répondait sur le ton de la blague. Elle était déçue.

S'il le prenait au premier degré, c'était triste, mais qu'il le tourne en plaisanterie, ça l'ennuyait aussi, en définitive.

— Ah, mais ça alors ! C'est là que tu te cachais, toi ?

Kôko souleva une feuille de chou entre deux doigts. Une minuscule chenille d'au moins cinq millimètres y était fixée.

— Tu es restée accrochée jusqu'à maintenant, bien joué, ma grande !

Elle ouvrit la fenêtre de la cuisine et secoua la feuille de chou pour faire tomber la chenille dehors. Après avoir vérifié que la chenille était bien tombée, elle lava la feuille dans l'évier et la déchira à la main avec les autres.

Dimanche matin. Elle s'apprêtait à faire sauter le chou qu'elle avait rapporté de la boutique la veille au soir, avant de le manger.

Pour un petit-déjeuner, elle avait fait l'impasse sur l'ail et l'avait remplacé par un œuf qu'elle ajouta au dernier moment dans la poêle.

— Mmm, un régal.

Kôko était plus en verve que d'habitude, ce matin. Elle réussit à cuire l'œuf sur le chou sans le casser, posa le tout sur un toast et dévora l'ensemble.

— C'est pas possible quelque chose d'aussi bon !

C'est tout de même extraordinaire, la cuisine, pensait-elle. Pas besoin de denrées de luxe, rien de compliqué, il suffit de cuisiner juste et vous obtenez quelque chose de fabuleux.

Ce n'était pas une découverte. Elle s'en était convaincue depuis longtemps à La Maison de Coco, et tant de fois auparavant quand elle vivait avec Shiroyama. Combien de fois l'avait-elle répété, obligeant Matsuko et Ikuko, sans parler de Shiroyama, à confirmer qu'elle avait raison. Et pourtant, elle voulait encore le lui dire, à Shiroyama. Pas vrai ? Pas vrai que j'ai raison ? Et elle voulait s'entendre confirmer qu'elle avait raison, oui, c'est bien vrai, c'est tout à fait ça.

Kôko termina son café et se leva de table. Et puisqu'elle avait envie de téléphoner à Shiroyama, elle énuméra les raisons qu'elle avait de le faire. Et des raisons, elle n'en manquait pas. D'abord, il n'avait jamais dit qu'il la détestait. Parce que, s'il l'avait quittée, ce n'était absolument pas de sa faute à elle, c'était juste qu'il aimait un tout petit peu plus Megumi-chan, et non pas qu'il ne l'aimait plus, elle. Et si pour le commun des mortels elle s'était peut-être fait piquer son mari, elle en voulait si peu à Shiroyama et à Megumi-chan que Matsuko et Ikuko ne comprenaient pas comment elle pouvait rester aussi amicale avec eux. Elle avait quand même bien le droit de lui téléphoner quand elle en avait envie !

Et cependant, elle n'en fit rien. Nul besoin d'énumérer les raisons de ne pas le faire, elle avait compris qu'il ne fallait pas, c'est tout. Elle entra dans le salon en faisant un détour pour ne pas s'approcher du téléphone, puis fit volte-face et retourna dans la chambre en refaisant un détour pour passer le plus loin possible du téléphone.

Et elle fit bien. Car dans la chambre, en voyant son armoire rouge, un meuble ancien fabriqué en Espagne, encore une trouvaille de Shiroyama – du Shiroyama tout craché, c'est bien simple, il était à vous écœurer, cet homme –, le souvenir de l'événement de la veille lui revint en mémoire. Ce qui lui fit passer l'envie de téléphoner.

Kôko se regarda dans le miroir. Ses cheveux légèrement ondulés, sa coupe courte qui dessinait un cadre rond autour de son visage, sa coloration brun brûlé. Elle allait régulièrement chez le coiffeur, une fois par mois, c'est obligé quand on travaille au contact de la clientèle, ses cheveux n'étaient donc ni secs ni cassants. Depuis toujours, elle était fière de leur finesse, c'était comme sa peau, qui était restée belle, il faut le dire. Une habitude qu'elle avait prise à l'époque de sa vie avec Shiroyama : tous les jours, même les week-ends et jours fériés, après le débarbouillage du matin, un maquillage léger. Peut-être avait-elle eu la main un peu lourde, la veille, mais enfin, pas au point que ça se remarque, elle en était à peu près certaine.

La veille, elle avait remarqué trois jeunes filles qui la dévisageaient. Trois jeunes filles d'une vingtaine d'années, peu après deux heures de l'après-midi, au moment où la foule est moins nombreuse, et qui étaient arrivées ensemble. « Bonjour ! » les avait accueillies Kôko avec un sourire et une grâce de bon aloi. Et voilà que ces petites dindes lui avaient demandé de but en blanc :

— C'est vous qui êtes la patronne, *obasan* ?

— La patronne, la patronne… Je ne le crie pas sur les toits, voyons… avait-elle répondu sans se départir de son sourire.

Et pourtant, se faire appeler *obasan* comme une vieille, par des gamines qu'elle ne connaissait même pas, il ne faut pas exagérer, non plus… mais voilà que les trois filles avaient échangé un regard et s'étaient mises à la scruter de la tête aux pieds, avec un sans-gêne ! Comme si elles étaient là pour la prendre en photo, ma parole. Au point qu'elle n'avait pas pu s'empêcher de leur faire un vrai faux sourire bien outrancier.

Quand l'une des trois avait pouffé, son sang n'avait fait qu'un tour.

— De quoi ?

Elles s'étaient de nouveau regardées, et après un petit coup de coude dans les côtes, étaient parties sans dire au revoir ni rien. Sans même un regard pour les plats très appétissants disposés dans le présentoir en verre. C'est bien simple, elle en était restée bouche bée. En y repensant maintenant, une impolitesse pareille, elles auraient bien mérité une leçon.

Le repas du matin pris, la vaisselle faite, le ciel s'éclaircit un peu. La pluie qui tombait depuis le milieu de la nuit semblait vouloir s'arrêter. Kôko décida de sortir.

Elle avait envie de jouer à l'élégante liseuse au parc aujourd'hui. Elle attrapa un volume de Browning – ce n'est pas qu'elle avait envie de lire Browning, c'était juste que pour lire dans le parc, Browning ferait très élégant –, le fourra dans un sac et sortit. Mais le banc du parc était encore mouillé, alors elle poursuivit sa marche et se retrouva dans la galerie marchande. Elle passa devant le fleuriste, entra dans la librairie, acheta un magazine féminin qui annonçait en couverture *De l'énergie dans vos plats de légumes pour tout l'été*, fit le tour des rayons du supermarché, prit une barquette de crevettes séchées, une autre de noix et un flacon de quelque chose qui s'appelait « la sauce *jarapeño* de l'enfer » et qui était vendu en vrac dans un caddie placé juste à l'entrée des caisses. En sortant du supermarché, elle se ravisa et se dit qu'elle allait quand même prendre le mini-rosier en pot qu'elle avait vu à la devanture de la fleuriste. Revint sur ses pas, fit un brin de causette avec la fleuriste qui était bien gentille, et, le pot de mini-rosier dans une main, le sac de supermarché dans l'autre, entra dans un café.

C'était un café à la façon d'aujourd'hui, pas snob, et pour tout dire elle y mettait les pieds pour la première fois. C'était comme les poèmes de Browning, elle n'avait pas particulièrement envie d'y aller, mais l'endroit était comme qui dirait en harmonie avec son sentiment actuel. Et puis elle avait la gorge sèche. Elle étudia en détail le menu avec photos et commanda un « apple mint soda ». C'était une boisson pétillante de couleur ambre pâle, avec des feuilles de menthe fraîches. Elle en but une gorgée, contempla un certain temps le mini-rosier qu'elle avait posé sur la table en se disant qu'elle avait quand même réussi à ne pas penser à Shiroyama pendant un bout de temps.

Le ciel s'obscurcit de nouveau. C'était le moment de rentrer si elle ne voulait pas se faire mouiller. Elle allait se lever quand un groupe passa la porte du café et vint directement vers sa table. Elle les reconnut du premier coup d'œil. C'étaient les trois filles de la veille, plus une quatrième du même âge et du même genre qu'elles.

Les quatre filles entourèrent la table de Kôko. Celle qui n'était pas là la veille se tenait un pas en avant. Pour les vêtements et l'apparence générale, elle était pareille que les trois autres, avec un air encore plus arrogant. Sûrement la chef de bande, se dit Kôko.

— C’est toi, Kôko de La Maison de Coco ? demanda la chef.

Elle ne s’embarrassait pas de formules de politesse pour adresser la parole à quelqu’un qu’elle voyait pour la première fois. Et qui avait trente-cinq ans bon poids de plus qu’elle.

— Oui. C’est moi Kôko, de La Maison de Coco, répondit Kôko sur le ton le plus affable qu’elle put trouver, car il s’agissait de montrer, en tant qu’aînée, qu’on avait de la ressource.

— Tu connais Kasuga Susumu, alors ?

— Susumu le livreur de riz, oui.

— C’est vrai que tu vas te marier avec Susumu, *obasan* ?

Et elles remettaient ça avec leur *obasan*. Elle s’était dit que la prochaine fois que quelqu’un la traiterait de *obasan*, elle lui apprendrait la politesse, mais pour cette fois, faisons comme si de rien n’était. Kôko opta pour la tactique du sourire mortel et lui asséna un grand sourire dont seule une femme de soixante et un ans qui a goûté au fiel et au miel de la vie a le secret.

— Je veux que c’est vrai !

Elle avait immédiatement compris les grandes lignes de la situation.

Et, le lendemain, quand elle raconta la scène à Matsuko et Ikuko, avec les compléments d’information que chacune avait apportés, à trois elles reconstituèrent l’histoire de façon cohérente. Il ne leur restait plus qu'à attendre la prochaine livraison de riz.

— Pardon, pardon, pardon !

A peine fut-il invité à entrer dans la cuisine par la porte de service – « traîné à l'intérieur par la peau du cou » serait peut-être plus juste –, Susumu se plia en deux pour s'excuser, mains jointes en avant, dans la position de l'adorateur devant trois petits bouddhas.

— … Elle ne voulait rien savoir tant que je ne lui aurais pas donné une raison valable. Et pas n'importe laquelle. Elle voulait savoir exactement avec qui, ce qu'elle faisait et le comment du pourquoi, sinon elle ne me pardonnerait jamais. Mais je n'imaginais pas qu'elle viendrait vérifier…

Leurs déductions avaient touché juste. La chef de bande était effectivement la copine de Susumu. Pour rompre avec elle, il n'avait rien trouvé de mieux que de raconter qu'il devait se marier avec Kôko de La Maison de Coco.

— Voilà ce qui arrive quand on vit sans regarder droit devant soi, tu finiras par tomber dans un trou, jeune homme, dit Matsuko.

— Il *est* tombé dans un trou, tu veux dire, corrigea Ikuko.

— Pardon, pardon, pardon !

La voix vibrante de Susumu résonnait dans l'atmosphère emplie de la vapeur sucrée du chou en train de bouillir. Aujourd'hui, c'était chou bouilli dans un bouillon de poitrine de porc fumée.

Ha ha ha ha, fit Kôko.

— Kôko de La maison de Coco, elles ont cru que c'était une mignonne petite fille comme la Peko-chan de Fujiya sur les boîtes de gâteaux, ces filles, dit Matsuko.

— Et alors, ta copine, maintenant qu'elle a vu Kôko, elle est convaincue ? ajouta Ikuko.

— Oui. Enfin, je veux dire… Elle me trouve tellement stupide qu'elle ne voit plus d'inconvénient à une rupture, si c'est ça que je veux, marmonna Susumu avec quelques difficultés.

Ha ha ha ha.

— Eh bien, maintenant, va falloir assumer, dit Matsuko.

— Alors, il paraît que tu tiens au smoking bleu et chemise à jabot ? ajouta Ikuko pour enfoncer le clou.

— Tu sais, moi, je ne t'en veux pas du tout… conclut Kôko avec un sourire encore plus assassin que l'autre jour. C'est un peu triste pour ta copine, mais il faut faire avec, l'amour est plus fort que tout, que veux-tu. Merci d'avoir fait le bon choix.

— Euh, c'est-à-dire que justement… Pardon, pardon, pardon ! fit de nouveau l'adorateur devant les trois bouddhas.

Le dimanche suivant, le ciel était à la pluie.

Les sépales blancs du cornouiller, un peu en retard sur la saison, réfléchissaient les rayons du soleil. Et pourtant le ciel, typique de la saison des pluies, était très sombre. Le début de la saison des pluies avait été officiellement annoncé la veille.

Ayant aperçu un magasin un peu inhabituel, Kôko gara la voiture sur le bord du trottoir.

Cela n'avait pas vraiment l'air d'un antiquaire, plutôt un brocanteur. Il y avait un peu de tout. Entassé dans un bric-à-brac indescriptible jusqu'au fond de l'étroit magasin tout en longueur.

— On dirait qu'on va se prendre une saucée, dit Kôko pour engager la conversation avec le gérant, un moustachu, après les salutations d'usage.

— Oh, qu'il pleuve, qu'il pleuve ! On a l'habitude.

Kôko fit le tour du magasin des yeux. Il n'y avait même pas la place de se promener, elle tournait seulement la tête, face au gérant assis au fond sur sa chaise. Un service à vaisselle qui devait avoir servi une fois pour un banquet de noces, une pendule avec les Beatles imprimés à la place des chiffres, un canard en plastique avec une lumière rouge qui devait s'allumer sur son ventre. Pas vraiment ce qu'elle cherchait. L'ambiance du magasin ne l'attirait pas spécialement non plus. Elle s'y était arrêtée sans véritable raison.

— J'ai le Keith, aussi, dit le gérant, voyant que Kôko avait pris en main un mug en porcelaine bleue avec des lettres blanches en relief formant le nom DIANE. Autant prendre la paire.

Il en souleva un autre portant le nom KEITH, pour le lui montrer.

— Keith et Diane… Des chanteurs, peut-être ? demanda Kôko.

— Ma foi, répondit le gérant. Ce n'est pas impossible. Ou un couple de gangsters, ou juste un couple qui s'entendait bien, ça se peut aussi. C'est au choix de l'utilisateur, disons.

— Je vois.

Kôko décida d'acheter la paire. Surtout pour avoir un prétexte pour s'en aller.

Elle n'était pas plus tôt sortie du magasin que les premières grosses gouttes commencèrent à tomber. Elle pressa le pas pour se mettre à l'abri dans sa voiture. En quelques instants, ce fut une véritable averse. Le bruit de la pluie sur la voiture était assourdissant. A travers le pare-brise comme dans le rétroviseur, on ne voyait plus qu'un flot continu d'eau qui coulait.

— Bon, on fait quoi maintenant ?

Kôko avait parlé à voix haute dans sa voiture. Personne ne lui répondit. En partant de chez elle, au moment de démarrer, elle s'était dit que de toute façon, ça allait se terminer en roulant sans réfléchir jusque chez Shiroyama. Tellement elle avait envie de le voir. Et non seulement elle ne l'avait pas fait, mais elle ne le ferait pas. Et même s'il s'arrêtait de pleuvoir, elle ne le ferait pas.

Elle avança la main pour tourner la clé de contact mais bifurqua et attrapa son portable.

— Hé… Tu vas bien ?

La voix caressante et légère de Shiroyama lui répondit avant qu'elle eût le temps de réfléchir.

— Il tombe des trombes d'eau, je me demandais si tout allait bien chez vous.

— Il ne pleut pas encore ici, répondit Shiroyama. Enfin, ça ne devrait pas tarder. Ça menace.

— Ça vient vers toi, alors.

Comme mon cœur, faillit-elle dire. Elle se retint de justesse.

Ha ha ha ha, fit-elle à la place.

— J'ai quelque chose à t'annoncer.

— Oui ? Quoi ?

Elle sentit à sa voix que Shiroyama était sur le qui-vive. Il pouvait camoufler sa voix autant qu'il voulait, elle le savait. Ce n'est pas lui qui a perdu la main, c'est moi qui ai fait des progrès, pensa-t-elle.

— Je vais probablement me marier.

Il y eut un court silence.

— Ah bon ? dit Shiroyama. Ah bon ?

Hum, pas mal. Bonne réponse.

— Il est beaucoup plus jeune que moi, continua Kôko. Pour la noce, il veut être en smoking bleu et nœud pap en lamé, il dit. En cuisine, il fait bien le chou sauté.

Le dernier point, c'était la vérité. Le seul. Profitant de ce que Susumu lui présentait ses excuses, elle lui avait dit : « Eh bien, pour la peine, tu m'invites à manger chez toi et tu me montres ce que tu sais faire en cuisine. »

Susumu avait répondu : « A part le chou sauté, je ne sais rien faire. »

— Un homme solide, alors, répondit finalement Shiroyama. Ah, tiens, il pleut.

A peine avait-il murmuré ces derniers mots que Kôko coupa.

Ici, ce n'était plus qu'une pluie fine. Elle mit le moteur en marche. Au premier coup d'essuie-glace, elle vit les objets en vente à l'entrée du brocanteur, tout trempés. Ah, c'est ça qu'il voulait dire par « on a l'habitude » ? Dans leur sac en papier sur le siège du passager, Keith et Diane s'embrassèrent.

Tchin !

MAÏS

Ce dimanche-là, Matsuko fut réveillée par la sonnette.

Elle avait ouvert les yeux à six heures du matin, par habitude, mais elle s'était rendormie. Cela faisait des années qu'elle se levait tous les jours à la même heure, la semaine comme le week-end, mais aujourd'hui, elle ne savait pas trop pourquoi, elle n'avait pas trouvé le courage. Les aiguilles de son réveil, posé à la tête du lit mais qui n'avait plus beaucoup l'occasion de servir à ce pour quoi il était fait – vu qu'elle se réveillait toute seule – indiquaient huit heures cinquante. Il était amplement l'heure de se lever, c'est sûr. Mais pour sonner à la porte, c'était tout de même un peu tôt.

— Je suis désolée, je vous réveille ?

C'était sa propriétaire. Dans un coin de sa tête, elle avait imaginé que c'était peut-être Shun. Elle était un peu déçue.

— Aimez-vous le maïs ?

— Ma foi, euh, oui…

C'était tellement soudain qu'elle avait répondu sans réfléchir. C'est vrai ? Formidable ! Attendez, attendez…

Le temps que la propriétaire et sa voix flûtée reviennent, Matsuko, en tee-shirt et pantalon de training qui lui servaient de pyjama, resta comme un piquet devant la porte ouverte. Euh, j'attends quoi, là ?

— Tenez. Je vous en prie.

La propriétaire était revenue, le champ visuel de Matsuko se colora de jaune. Sur un tamis tressé en bambou, six épis. Selon toute apparence, frais étuvés, encore fumants.

Du maïs.

Cette fois, pour le coup, elle était parfaitement réveillée.

La propriétaire lui avait expliqué les tenants et les aboutissants de la situation.

C'est mon petit-fils. Ils devaient venir nous voir aujourd'hui, alors j'avais fait cuire ces épis de maïs, mais finalement, c'est nous qui allons chez eux. Parce que notre petit-fils, vous comprenez, il veut absolument faire voir quelque chose à papy et mamy, qu'il a dit. Je ne sais absolument pas ce que c'est que cette chose qu'il veut montrer à papy mamy, je me demande bien ce que cela peut être. Mon petit-fils, voyez-vous, il va sur ses trois ans, maintenant. Le fils de ma fille, qui l'a eu un peu tardivement. Elle n'y croyait plus, et juste au moment où elle commençait à se faire une raison, elle s'est trouvée enceinte. Ma fille et mon gendre habitent à Naka-Meguro. Les maïs, je pourrais les apporter, bien sûr, mais c'est un peu lourd, et puis me balader en ville avec ça à la main, ce n'est sans doute pas... n'est-ce pas. Alors je serais tellement heureuse si vous pouviez les manger, ou les partager avec vos amies...

Quelle surprise ! Si elle s'était doutée que sa propriétaire était une telle pipelette ! L'impression qu'elle avait jusqu'alors de ses propriétaires était loin d'être mauvaise, pourtant, il faut croire que c'était simplement qu'elle avait toujours gardé ses distances avec eux.

Ceci dit, cette explication n'avait rien à voir avec les épis de maïs, c'était tout bonnement la grande scène de la mamy gâteau. En tout cas, c'est comme ça que Matsuko jugea ce discours. Ah bon, alors comme ça, elle a une fille, un petit-fils et un gendre, hum... Le couple âgé de ses propriétaires, dont l'image jusqu'alors était comme un lavis à l'encre de Chine, se parait tout d'un coup de couleurs plutôt éclatantes.

Moi-même je dois leur apparaître comme une silhouette sans nuances.

Matsuko regarda de nouveau ces maïs jaunes encore chauds. Dans cette apparition aussi soudaine, en ce jour particulier, il y avait comme un signe, un oracle.

Du maïs.

Car c'était précisément pour du maïs que Shun, il y a une trentaine d'années, s'était détourné de Matsuko. Et Matsuko ne l'avait appris qu'il y a quelques jours à peine, le jour de ce pique-nique sous les cerisiers en fleurs.

Signe divin ou pas – et d'autant plus si c'était un signe divin – Matsuko les avait mangés. Le premier en guise de petit-déjeuner, à la croque-au-sel. Un autre le soir, grillé, après avoir gratté les grains pour les détacher de leur épi. Six, c'était beaucoup pour une personne seule, alors, le lendemain lundi, elle apporta les quatre restants en allant travailler.

— Mon Dieu, si gros ?

— En gratin avec du jambon ou du bacon, ça pourrait être pas mal.

— Ils sont très bons, avec un goût un peu ancien. Les grains sont bien charnus, bien gonflés. Je me disais que mélangés avec du riz…

— On pourrait en griller un entier et le garder pour notre goûter…

L'affaire fut décidée en un tournemain. Le *goûter* terminé, c'est-à-dire vers trois heures et demie de l'après-midi, de l'épi de maïs il ne restait que la rafle, entièrement dénudée. La cuisine embaumait le maïs grillé.

Les trois femmes, côte à côte devant le grand évier, se brossaient les dents. Car, professionnalisme oblige, elles ont toutes les trois une brosse à dents et un tube de dentifrice à la boutique.

— Vous n'avez pas honte d'avoir de si bonnes dents, vous autres? dit soudain Matsuko sans retenir son admiration.

Ce qui voulait dire qu'elle les leur enviait, en réalité.

— Ah, pour ça, j'ai des dents tout ce qu'il y a de solide ! dit Kôko pour en rajouter une couche. L'objectif 80-20, c'est comme ça qu'on dit? Arriver à 80 ans avec encore 20 dents à soi… Moi, j'y arriverai à l'aise.

— Moi, ça me coûte une fortune, mais je n'économise pas pour mes dents. Parce que j'avais de mauvaises dents quand j'étais petite, alors je sais ce que c'est. Rien qu'avec ce qu'ont coûté tes frais de dentiste, on aurait pu se payer une maison, me répétaient tout le temps mes parents, répliqua Ikuko.

Et toutes les deux se trouvèrent à dire ensemble :

— Mais…

Ikuko laissa la parole à Kôko.

— Mais toi aussi, Matsuko, tu as de bonnes dents. Assez bonnes pour croquer du maïs à pleines dents, en tout cas.

— Ma foi… concéda Matsuko d'un air douloureux. Parce que j'ai fait arracher celle qui partait de travers.

Cette dent de travers, elle l'avait fait arracher peu avant la quarantaine. Une carie s'était développée sur celle d'à côté, alors, profitant du fait qu'elle était obligée d'aller chez le dentiste, elle avait fait sauter celle qui lui encombrait la bouche. A revoir les choses avec l'œil d'aujourd'hui, ce dentiste était un vrai boucher. Depuis, elle a entendu dire qu'il ne faut jamais arracher les dents de travers. En tout cas, maintenant, elle peut grignoter du maïs en grains. Cela a été une surprise, une bonne surprise, surtout depuis qu'elle a découvert le rôle de mauvais génie que cette dent avait joué dans sa vie.

Au-delà du bosquet au feuillage dense, on apercevait la maison des propriétaires. La fenêtre était ouverte et on entendait causer. Matsuko appuya sur le bouton de la sonnette, ce qu'elle n'avait jamais fait auparavant.

— Euh, tenez. Je l'ai fait avec le maïs que vous m'avez donné, et comme il était très bon…

— Oh, un gratin ! Ça a l'air délicieux !

La propriétaire avait les yeux pétillants de plaisir en acceptant la boîte en plastique que Matsuko lui tendait. Peut-être était-elle plus aimable et avenante que ce qu'elle s'était imaginé, tout compte fait. Matsuko se retrouva elle-même à sourire.

— Mon mari pourra peut-être même y goûter, qui sait. Parce que, vous comprenez… les dents, n'est-ce pas. Alors les choses qui se mâchent, il ne peut plus.

— Il vous suffira de le réchauffer légèrement au micro-ondes avant de le servir.

— Je vous remercie, c'est très aimable à vous. Vous tenez un restaurant, si j'ai bonne mémoire.

— Oh, un restaurant, c'est beaucoup dire, un traiteur de plats cuisinés, disons, n'est-ce pas.

Elle avait attrapé la façon de parler de la propriétaire.

A propos, elle ne l'avait jamais dit, alors elle expliqua où se trouvait La Maison de Coco. Ah bon, c'est là, eh bien j'y passerai la prochaine fois, dit la propriétaire. Puis, avec une exclamation, elle ajouta :

— Ah, mais attendez voir…

Et la laissa sur le seuil pour disparaître dans la maison.

Elle revint un moment après avec une bouteille de vin et une poignée de photographies de son petit-fils.

Le mari de sa fille était grossiste en vins. Elle entra dans les détails de chaque photo de son petit-fils. Pas une seule dont elle ne fît l'exégèse complète.

Eh bien dis donc, commenta Matsuko avec un sourire indulgent en revenant chez elle. A peine rentrée, elle ouvrit la bouteille.

Ce soir-là, elle avait refusé l'invitation de Kôko à aller boire à La Tempête et elle était rentrée très vite chez elle après la fermeture. La raison en était qu'il n'était pas impossible que Shun l'appelle aujourd'hui. Attends voir… S'il n'appelle pas, je vais peut-être l'appeler moi-même. Ces derniers temps, il lui téléphonait assez souvent, particulièrement quand il n'avait rien de particulier à lui dire, ce qui avait fait baisser son angoisse et ses hésitations à l'appeler elle-même. Petit à petit, la situation évoluait, comme une pellicule protectrice qui se déferait délicatement. Ce qui ne garantissait nullement qu'on allait dans la bonne direction.

Le vin était italien, avec un parfum très fruité, délicieux. Après quelques gorgées, elle sentit poindre une petite faim. En principe, c'était justement pour le petit creux de la nuit qu'elle avait rapporté le gratin, mais puisqu'elle l'avait donné à sa propriétaire… Elle était en train de fouiller son frigo à la recherche de quelque chose à grignoter quand son portable se mit à sonner.

Matsuko se précipita.

— Oui ? répondit-elle le plus calmement possible.

Elle avait fait quelques progrès récemment dans ce genre de petits détails.

— Tiens, il n'y a pas quelque chose qui sonne ? dit Shun d'entrée de jeu.

— Non, non, rien du tout, répondit Matsuko en courant jusqu'au frigo pour refermer la porte qui était restée ouverte.

— Tu es toujours au travail ?

— Non, à la maison.

— Qu'est-ce que tu fais ?

— Je bois un verre de vin.

— Woaw, c'est super chic, ça !

— Un cadeau de ma propriétaire. C'était la première fois que je parlais avec elle, d'ailleurs.

— Formidable, alors.

Hé hé, on parle ! On parle ! On parle ! Il suffisait que cela ressemble à une conversation pour que Matsuko se sente comme sur un petit nuage. On n'a rien à se dire et on parle quand même !

— Tu n'aurais pas envie d'aller au cinéma ? On m'a donné des tickets.

— Ou… oui.

Zut, elle avait trébuché sur la réponse.

— Quand on fait ça ? Moi, ce samedi ou ce dimanche, je suis libre.

— Moi aussi…

Elle n'avait pas fini sa phrase qu'elle se souvint que le samedi, elle avait quelque chose.

— … Dimanche, c'est mieux. Dimanche après-midi. Et après, on mange ensemble, qu'est-ce que tu en dis ? proposa-t-elle en tentant le tout pour le tout.

Il y eut un bruit de pages tournées à l'autre bout du fil. Puis :

— Ça tombe bien, il y a une séance à quinze heures vingt.

A la fin de la conversation, quand elle coupa, Matsuko prit la *guts pose* poing serré du batteur de baseball qui vient de réussir à envoyer la balle dans les tribunes.

Tiens, elle n'avait même pas demandé quel film, de quoi ça parlait, rien. Mais à vrai dire, cela n'avait aucune importance.

— Moi, je rentre demain matin, déclara Matsuko assise à l'arrière.

On était samedi. On roulait depuis moins de dix minutes, depuis que la voiture de Kôko l'avait récupérée devant le rond-point de la gare. Kôko était au volant, Ikuko à côté d'elle.

— Mais pourquoi ? Il y a le Safari Parc, le minigolf et la promenade en poney, plein d'endroits pour s'amuser !

— Bah, d'abord je n'ai pas envie d'aller au Safari Parc, les poneys, c'est eux qui n'auront pas envie de nous voir, et puis de toute façon, je rentre. J'ai un truc, demain.

— Tu casses l'ambiance, là, Matsuko…

Kôko grommela quelques minutes, mais se fit vite une raison. Elle s'amuserait avec Ikuko et voilà tout. Matsuko en fut rassurée, et commençait même à se sentir bien. Hé, c'est que je suis occupée, moi, qu'est-ce que vous croyez ? Occupée comme jamais, en fait, c'était le cas de le dire.

— Alors, Matsuko, tu peux prendre le volant ?

Qu'est-ce qu'elle veut dire par « Alors » ? Mais ne cherchons pas la petite bête.

— Si tu veux. Je n'ai pas tenu un volant depuis que j'ai obtenu le permis il y a quarante ans, mais bon, répondit Matsuko avec le sourire.

— Quelle horreur ! s'écria Ikuko.

Ha ha ha ha, renvoya Matsuko, rattrapée par les deux autres avec un temps de retard.

C'était le jour du voyage du personnel de La Maison de Coco. Une histoire de budget disponible sur les provisions de l'Association des commerçants de la galerie marchande. L'équipe au complet partait donc en week-end aux sources thermales de Gumma, décision annoncée au dernier moment par Kôko, comme d'habitude.

— Ça ne fait pas de mal de rompre le train-train quotidien, expliqua Kôko au moment de s'engager sur l'autoroute.

C'était exactement ce qu'elle avait déjà dit quand elle avait annoncé ce voyage, quelques jours plus tôt.

Oui, oui…

Bien sûr…

Matsuko et Ikuko avaient chacune leur façon d'acquiescer mais l'intonation était exactement la même.

Rompre le train-train quotidien, c'est ça… Tout comme la pêche aux coquillages, le pique-nique sous les cerisiers en fleurs et la fête du onzième anniversaire de la boutique. Peut-être même comme le travail de tous les jours à La Maison de Coco.

Arrivée à ce point de ses réflexions, Matsuko se rendit compte d'une chose :

— Tiens ? Mais tu n'as pas invité Susumu ?

— Ben non, répondit Kôko comme si c'était une évidence.

— Ça m'étonne, disons, relança Matsuko.

— En effet, souligna Ikuko.

— Hum, fit Kôko.

Mais ce « hum » faisait seulement écho au fait qu'elle venait de donner un coup d'accélérateur et de déboîter pour dépasser deux autocars de tourisme.

— J'ai l'impression qu'il est passé à autre chose, Susumu.

L'auberge, ni neuve ni vieille, se trouvait dans un modeste bourg de sources thermales, en bordure d'un torrent de montagne.

On commença par prendre un bain dans la piscine en plein air creusée à même le lit de la rivière par la municipalité. Puis elles s'installèrent toutes les trois autour d'une table dans l'annexe de l'auberge pour le repas du soir. Enfin, annexe… Un bien grand mot pour ce qui n'était qu'un local en préfabriqué qui rappelait ces salles de classe additionnelles construites à la va-vite pour accueillir un surplus de lycéens.

— Ikuko, tu bois avec nous, ce soir ? demanda Matsuko quand la totalité des plats fut sur la table.

— Eh bien, ma foi…

Sashimi, tempura, une mini-marmite sur un réchaud à alcool solide. La déception se lisait sur le visage d'Ikuko.

— Buvons, et nous verrons Kyôto, comme on dit…

Kôko servit de la bière à chacune. Les trois verres pleins à ras bord, on trinqua.

Kampai !

Ah, on commence à se sentir bien, songea Matsuko alors que la nuit arrivait, faisant allusion à Ikuko qui était passée de la bière au shôchû et buvait ferme, autant qu'au thon rouge à moitié décongelé, aux tempuras au goût de bicarbonate de soude et aux exhalaisons peu appétissantes du reste.

— On commencerait même à se sentir *très* bien !

Elle avait cru le garder pour elle, mais l'alcool aidant, elle faisait les questions et les réponses, et celle-là lui avait échappé.

— Qu'est-ce qui t'arrive tout d'un coup ? Ho ho ho ho, éclata de rire Ikuko.

— A propos, dis donc, intervint Kôko pour reprendre la main, en faisant traîner les voyelles, que devient ton chéri, Matsuko ? Ça commence à prendre tournure, j'ai l'impression ?

— Qu'est-ce que tu veux dire avec ton « A propos… » ? répondit Matsuko avec une grimace. Une grimace destinée à cacher le grand sourire qui lui venait irrépressiblement aux lèvres.

— A propos, dis donc, Matsuko, avec ton chéri, est-ce que vous avez une relation charnelle ?

Et cette fois, la question venait d'Ikuko.

Matsuko faillit s'étouffer avec la rondelle de poulpe au vinaigre qu'elle mâchonnait.

— Une relation charnelle, non mais tu sais que tu…

— Bien joué, Ikuko-chan ! C'est justement la question que je me posais. Parce que, tu vois, je me demande si ces derniers temps elle n'aurait pas franchi le pas, renchérit Kôko.

— On a fait… rien.

— Non ? C'est vrai ? Pourtant, depuis un certain temps, tu es particulièrement resplendissante, alors je me disais…

— Je suis sûre qu'il y a des progrès. Ils en sont à l'étape A ou B, je dirais.

— Attends, attends, Kôko, Kôko… Plus personne ne parle d'étape A, B ou C, de nos jours…

— Non ? Mais comment ils disent, alors ?

— Ils font une pelote avec le tout et ils disent qu'ils ont couché et c'est tout, à ce qu'il paraît.

— Hein ? Tout dans la même pelote ?

La porte coulissante s'ouvrit à cet instant et la serveuse entra. Le temps qu'elle allume le réchaud à alcool solide, le silence se fit.

— Vous pouvez manger dès que vous entendrez les bouillons…

Toutes trois acquiescèrent avec un grand sourire.

A peine la serveuse s'était-elle éloignée avec son air soupçonneux, Ikuko tendit la main vers son verre de shôchû et le vida cul sec. Les glaçons tintèrent.

— Si je peux me permettre une question, toi et ton chéri, à l'origine c'est quel genre de relation ? Allez, ce soir, il faut vider ton sac… déclara Ikuko sur un ton sans réplique, trop catégorique pour être écarté d'un revers de main, en tout cas.

— Oui, ce soir, tu vides ton sac, reprit Kôko, les yeux brillants.

Ikuko ayant donné le ton, Matsuko prit son verre et le vida cul sec. Le reposa. Laissa échapper un hoquet.

Ce hoquet était-il signe qu'elle voulait parler ? Ou au contraire qu'elle ne lâcherait rien ? Elle-même hésitait.

Les effluves commençaient à monter de la marmite.

Dans sa mémoire, la journée restait placée sous le signe de la couleur jaune.

Le Jour du Destin.

Matsuko avait vingt-deux ans. Un jour qui a duré plus de trente ans. Et pendant tout ce temps, elle n'avait jamais rien su, rien vu. Jusqu'à tout récemment.

La couleur jaune, c'était celle des fleurs. Elles couvraient les champs. Comme de petits tournesols. C'était aussi la couleur du maïs. C'était la fête au sanctuaire shintô, les stands des marchands ambulants et des forains étaient dressés au milieu des fleurs.

Les fleurs, à y repenser aujourd'hui, devaient être une variété de camomille. Oui, à y repenser aujourd'hui, c'est bien à partir de ce jour-là que l'attitude de Shun avait changé du tout au tout. Non pas qu'ils ne se soient plus jamais vus seul à seule après cela, mais il n'y avait plus de vibration entre eux, si elle lui adressait la parole, il levait les yeux au ciel ou répondait d'un air fâché. Il ne lui proposait plus de sortir ensemble, et si c'était elle qui l'invitait, il refusait sous un prétexte quelconque. Très vite, il avait cessé tout contact. Elle lui écrivait des lettres, il ne répondait pas. Elle passait chez lui, on lui disait qu'il était absent. Et comme elle s'inquiétait qu'il soit malade, elle avait reçu son faire-part de mariage.

Matsuko croyait que la froideur de Shun était due au fait qu'il avait rencontré celle qui allait devenir sa femme. Mais ce n'était pas ça du tout. C'était de la faute du maïs. L'autre jour, au pique-nique, Shun lui avait avoué la vérité.

— Il habitait de l'autre côté de la rue, à deux maisons de chez moi. Il vivait avec son grand-père, sa grand-mère, sa mère, son père et deux jeunes sœurs. Il a deux ans de moins que moi, et à l'école primaire, c'était toujours moi qui le protégeais. Parce que nous allions à la même école. Mais à partir du collège, c'est lui qui m'a protégée. Parce que, vous ne l'ignorez pas, je suis du genre à m'attirer des ennuis.

— Matsuko, Matsuko… Attends… Tu nous as déjà raconté tout ça, intervint Ikuko d'une voix empâtée.

Le palet d'alcool solide était consumé depuis longtemps. Le contenu de la marmite, à peine entamé, avait fini par refroidir, définitivement trop cuit.

— Ce que nous voulons écouter, c'est l'histoire des épis de maïs. Pourquoi n'as-tu pas mangé le maïs, Matsuko ?

— Parce que j'avais peur que les grains se coincent entre mes dents de travers.

Ha ha ha ha, éclata de rire Kôko.

Oh là là, gémit Ikuko d'un air compatissant.

Il y avait cette histoire de maïs, c'est vrai. Le maïs, c'est redoutable pour les dents mal plantées, c'est bien vrai, pensa Matsuko en se versant un verre de la seconde bouteille de shôchû.

— Et alors ? Qu'est-ce qui ne lui a pas plu, au petit chéri ? Il t'a trouvée snob de ne pas manger de maïs, c'est ça ?

— Mais non. Pas du tout. Ça lui a fait peur.

— Hein ? Tes dents de travers lui ont fait peur ?

— C'est ce que j'ai cru sur le coup, moi aussi, mais en fait, pas vraiment.

Matsuko essayait d'expliquer, mais elle n'était pas absolument sûre de comprendre ce que Shun avait voulu dire.

Tout d'un coup, j'ai pris peur. Tu avais les dents un peu tordues, pas vrai ? Si on se mariait, il faudrait que j'accepte tout en entier, c'est ça qui m'a fait peur. Non, non, pas les dents de travers, pas le fait que tu ne manges pas de maïs, le fait qu'il fallait te prendre en entier, tout entière telle que tu étais. C'était *en entier*, le problème.

— Qu'est-ce que c'est que cette histoire? Il s'est pourtant bien marié, le pauvre chéri, non? Avec une autre… commenta Kôko en dodelinant de la tête.

Ikuko, la joue dans la main, les yeux à moitié clos, feignit la surprise.

— N'importe quoi…

Puis referma les yeux.

Matsuko aurait aimé expliquer mieux, mais les deux autres en avaient assez entendu comme ça.

Elle aspira une lichette de shôchû et se répéta à elle-même les mots de Shun.

Ce qui m'a fait peur, c'est l'idée de me marier avec toi. Avec quelqu'un d'autre, ça ne me ferait pas peur, il me semblait. Je croyais que c'était obligé, de se marier. C'est pour ça que je me suis fait présenter quelqu'un. Mais ça n'a pas marché.

Ça n'a pas duré longtemps, parce qu'elle ne me faisait pas peur.

Matsuko devait retourner à Tokyo en train très tôt le matin. Elle n'avait pour ainsi dire pas dormi quand elle quitta l'auberge.

Avec la gueule de bois là-dessus, elle arriva complètement exténuée devant le cinéma. Cela ne l'empêcha pas de se sentir toute guillerette en apercevant Shun.

Il est là. Shun m'attend.

Elle se sentait tellement heureuse que dans son cœur, sa décision était prise.

— Salut.

Dans le geste de la main de Shun passait déjà toute l'intimité qu'elle attendait. Cela la rendait si heureuse qu'elle lui dit :

— Tu es tout petit mais même à cent mètres je savais que c'était toi.

— Tout petit, ça, tu n'étais pas obligée… Moi aussi, je t'ai reconnue tout de suite.

— C'est vrai ?

— Ce n'est pas difficile, la seule qui brille dans la foule, c'est toi.

— Non ?

— Mais si. Enfin… dont les yeux *scintillent* dans la foule serait plus juste, je pense.

Ils attaquaient donc très très fort en pénétrant dans le cinéma, et jusqu'à ce que le film commence, Matsuko ne pensa même pas à demander ce qu'ils allaient voir. Dès les premières images, cependant, elle comprit que c'était le genre de film particulièrement redoutable à regarder un jour de gueule de bois.

Oups !

Matsuko sursauta, rouvrit les yeux et comprit que l'histoire n'avait fait aucun progrès depuis l'instant où elle avait senti sa conscience lui échapper. Le même personnage masculin arpentait le même terrain vague. Et comme il était seul, il ne disait rien.

Elle jeta discrètement un coup d'œil sur le côté. Shun, les yeux grands ouverts, semblait captivé. Il opinait même du menton, ce qui devait vouloir dire que quelque chose se passait. Mais quoi ? A part quelques oiseaux qui traversaient le ciel…

Oui, il aime ce genre de film, pensa Matsuko, victime d'un nouveau coup de barre. Il y avait encore tant de choses qu'elle ne savait pas de lui. Elle savait qu'il était capable de manger un épi de maïs *en entier*, mais il devait bien y avoir une ou deux choses qu'il détestait. La nuit, dormait-il en pyjama ou en sous-vêtements ? Elle ne savait pas. Le matin, que prenait-il au petit-déjeuner ? Café et tartine ? Ou lui fallait-il du riz et une soupe miso ? Elle ne savait pas.

C'est vrai. Il y a de quoi avoir peur. Et tout ce qu'elle ne savait pas, elle le découvrirait petit à petit. Mais je ne fuirai pas, moi. Sa décision était prise. Elle le prendrait *en entier*.

Elle était parfaitement réveillée, cette fois. C'était une scène de nuit à présent. L'homme avait allumé un feu au pied d'un rocher. Gros plan sur les flammes. A côté d'elle, Shun opinait de nouveau.

Matsuko étouffa un petit bâillement, referma les yeux. Sa tête s'inclina et vint se poser sur l'épaule de Shun. Il ne bougea pas. Même pas un soupçon de surprise. Ce qui faisait bien un peu artificiel, mais il ne la repoussait pas, ce qui était plutôt bon signe. Décida-t-elle.

Première étape : OK. La veille, elle l'avait promis à Kôko et Ikuko. Que ça se passe bien ou mal, elle irait jusqu'à la troisième étape (dite étape C).

CONCOMBRES

Ikuko débitait les concombres en biseau.

Il ne fallait pas rater le moment de cueillir les concombres qu'elle cultivait sur son balcon, sinon ils montaient en graines. Elle grattait les endroits où il y avait trop de graines, puis reprenait. Après les avoir salés, elle se dit qu'elle allait faire des concombres *wafû*, à la japonaise. Dans un assaisonnement de shôyu, vinaigre de riz et un peu de mirin, elle ajouta un morceau d'algue *kombu*, du gingembre et une gousse d'ail. Ce serait prêt à manger d'ici une petite journée.

Elle ouvrit le frigo et y plaça son bocal de concombres. Un autre bocal de concombres s'y trouvait déjà. A la chinoise, ceux-là, qu'elle avait préparés il y a quelques jours. Il en restait environ un tiers dans le bocal.

Je ne mange que ça, ma parole… se dit-elle en versant le reste du bocal dans une assiette. Ça lui ferait son repas du soir.

Elle avait planté deux pieds de concombre dans un bac de poissonnier et ils avaient pris une de ces vigueurs ! Tous les matins, il y avait de nouveaux concombres. Elle avait beau les cueillir, elle ne pouvait pas suivre. Pas question de les laisser pourrir ou de les jeter, alors c'était devenu une question d'honneur. A force de manger tous les jours des concombres, elle se demandait si elle n'allait pas tourner verte à la fin.

Elle avait trouvé ces plants à la fin du grand pont de mai et les avait achetés sans y penser. C'est vrai, elle les avait vus à la devanture de la fleuriste, elle avait dit, donnez-m'en deux. D'habitude, chaque année à cette saison, elle plantait des concombres. Ah, tiens, l'année dernière, non, l'année de la mort de Shunsuke, elle ne l'avait pas fait. Ce n'est pas qu'elle n'en avait pas eu envie, l'idée ne lui était même pas venue à l'esprit. Au bout d'un an, elle commençait à retrouver son équilibre, aussi bien physiquement que moralement.

Enfin… Un petit quelque chose n'était plus comme avant, lui semblait-il. Plongée dans ses réflexions, Ikuko grignotait un morceau de concombre doux-amer. C'était un peu comme si elle s'était débarrassée d'une peau. Parce que son équilibre, de toute façon, cela faisait trente-cinq ans qu'elle l'avait perdu, depuis la mort de son fils. Et perdre son équilibre ne l'avait pas empêchée de continuer à avancer, mais la mort de Shunsuke avait provoqué un changement dans ses engrenages internes, une sensation franchement bizarre. Et aujourd'hui, au bout d'un an, tout ça se modifiait encore. Ou à peu près.

Tout ce qui bouge change, c'est sûr. Cette pensée lui donna un certain plaisir. Elle se mit à laver quelques petits taros en chantonnant. Pour ce soir, à part les concombres, elle allait cuisiner une soupe *noppei jiru* avec des aubergines et des petites crevettes. Et peut-être bien un œuf brouillé à la tomate, pourquoi pas. Elle avait à peine épluché ses taros que le téléphone sonna.

— C'est que… Shunsuke est mort.

Cela faisait longtemps qu'elle n'avait pas eu à prononcer cette phrase. C'était un ancien camarade de lycée de Shunsuke. Il était en train d'éditer l'annuaire des anciens élèves dans le cadre du centième anniversaire de la fondation du lycée, à ce qu'il expliqua.

Après avoir exprimé ses condoléances et sa tristesse à l'annonce de la mort de Shunsuke, il en vint à l'objet proprement dit de son appel.

— Si vous aviez une photo…

Par réflexe, Ikuko se tourna vers la pièce d'à côté.

— Encore des concombres ? s'écria Kôko en croquant un morceau de concombre mariné au shôyu.

— Ma parole, tu veux nous en dégoûter ! ajouta Matsuko en picorant un morceau.

— Les plantes, c'est extraordinaire, vraiment. Vous leur donnez de l'eau, elles poussent à une vitesse !

Les réactions de ses deux collègues ne la perturberaient pas. Elle préférait dire ce qu'elle ressentait, elle savait que la conversation se poursuivrait sur cette lancée sans dommage.

— Il y a aussi des plantes qui dépérissent si tu ne t'en occupes pas avec grand soin. Comme moi, par exemple. Ha ha ha ha.

— Toi, si tu étais une plante, je crois que tu pousserais si vite que tu finirais par recouvrir toute la Terre !

— Tu confonds avec les aliens, là !

L'été était là. Il y a quelques jours encore, on aurait dit qu'il ne ferait jamais chaud, mais là, depuis la fin juillet, la chaleur était insupportable. La clim avait beau être poussée à fond, dès que l'on pénétrait dans la cuisine, avec le gaz allumé, la sueur vous sortait par la peau du front.

Ikuko avait quelque chose à demander à Kôko et Matsuko. La conversation sur les concombres était finie, elle se dit que c'était le bon moment. Mais elle tardait encore, sans véritable raison, et le temps de s'en apercevoir, la cuisine était plongée dans le silence.

Ikuko avait pris conscience d'un phénomène étrange. Chaque fois que l'une d'elles attendait qu'une autre dise quelque chose, elles se mettaient à travailler. Elle jeta un coup d'œil sur le calendrier. Vendredi 6 août. Elle toussa.

— Qu'est-ce que vous comptez faire la semaine prochaine pour les vacances d'O-bon ? demanda-t-elle.

Kôko et Matsuko se retournèrent ensemble.

— C'est justement ce que je me demandais, fit Kôko.

— Eh bien, fit Matsuko.

Toutes deux échangèrent un regard pour se laisser mutuellement la parole, jusqu'à ce que Matsuko se décide à parler la première.

— Eh bien, je compte passer le temps comme on le passe pendant les fêtes d'O-bon, pour ma part.

— Et comment on passe le temps pendant les fêtes d'O-bon ? demanda Kôko.

— On part en voyage, voyons !

— Tu pars en voyage ? Toi ? Avec qui ? s'étonna Ikuko.

— Tu pars avec ton chéri ? demanda Kôko, légèrement fâchée.

La figure de Matsuko se ramollit à vue d'œil dans un sourire.

— C'est le projet, il semble. Rien de sûr encore, parce que, avec cet homme on ne sait jamais, hein…

— Non mais tu as entendu ça ? Cet homme, elle l'appelle, maintenant.

— On ne sait jamais, on ne sait jamais… Pour ça c'est sûr, nous autres on ne sait rien du tout… renchérit Ikuko, tout en interprétant la manœuvre de Matsuko comme le signe que celle-ci avait saisi l'occasion de faire cette annonce, alors que, de son côté, Kôko devait plutôt avoir envie d'organiser un voyage à trois comme la dernière fois.

Tant pis pour Kôko…

— Eh bien, si Matsuko part en voyage, moi aussi je vais peut-être voyager… annonça Ikuko.

— Avec qui ? Où ça ? demanda Matsuko.

— Mais toute seule. Retour au pays natal, disons.

Elle l'avait dit par hasard, mais le seul fait de le dire venait de transformer la simple idée en décision.

— Kôko, toi, tu fais quoi ? demanda Matsuko d'un air compatissant qui ne cachait pas tout à fait une grosse pointe de satisfaction.

— Bah, si vous partez toutes les deux en voyage, moi aussi… répondit Kôko, la bouche en cul-de-poule.

Ikuko sortit sur le balcon et chercha deux concombres à la bonne taille.

Puis, avec une canette de bière et une assiette de concombres marinés – à la chinoise corrigée avec un peu de *tianmianjiang* –, sans oublier un présentoir à piques cure-dents, elle entra dans la chambre de six tatamis.

Depuis quelque temps, quand on l'invitait, elle passait la soirée à La Tempête avec Kôko et Matsuko, et sinon, elle rentrait chez elle et buvait des bières comme avant. La seule différence par rapport à précédemment, c'est qu'elle ne se forçait plus à boire quand elle n'en avait pas envie. Quand vous buvez sans envie, la bière n'est rien d'autre qu'un ersatz d'eau amère, alors que quand vous en buvez parce que vous en avez envie, c'est délicieux. C'était une découverte toute récente.

Tout en buvant une bière délicieuse, Ikuko planta un concombre au bout d'une pique, un autre à l'autre bout, quatre piques pour les jambes, voilà un cheval ! Elle en fabriqua un deuxième, puis les disposa devant les photos de son fils et de son mari.

Avec des concombres, on fait un cheval. Avec une aubergine, on fait une vache. C'est ce qu'on dit. Ikuko était de la campagne et on ne manquait jamais de décorer l'imposant autel bouddhiste à la façon shintô avec une lanterne en papier et les deux figurines en concombre et en aubergine, le cheval et la vache, au moment d'O-bon, la fête des morts. Le cheval était rapide, il ramenait vite le mort dans sa maison ; la vache était lente, elle le renverrait sans hâte vers le pays des morts à l'issue des fêtes.

Même après avoir quitté sa famille, Ikuko avait toujours disposé un cheval en concombre.

Cela faisait trente-cinq ans depuis la mort de Sô, sans manquer une seule année.

Elle aurait aimé qu'il revienne à cheval, et elle aurait aimé repartir avec lui. Elle l'avait même dit à son mari, une fois. Il se moquait d'elle parce qu'elle avait l'air si sérieuse en fabriquant sa pathétique figurine. Ça l'avait bouleversé. Elle faisait le vœu de repartir avec lui, c'est pour ça qu'elle voulait fabriquer un cheval solide. Elle avait regretté ses paroles à peine les avait-elle prononcées. Trop tard. Shunsuke n'avait plus rien dit. Mais son sourire naïf s'était effacé. Il était devenu sombre et triste.

Elle regrettait chaque fois. Mais elle ne pouvait s'en empêcher. Sa langue se mettait à bouger et elle disait des horreurs. Combien de fois… Et pour Shunsuke, ce devait être franchement insupportable. Il restait toujours muet, mais une seule fois, la coupe était pleine sans doute, il lui avait dit : « Tu veux qu'on se sépare ? »

On n'a qu'à se séparer. Puisque cela t'est si pénible de rester avec moi…

Ah non, alors, il manquerait plus que ça ! avait-elle répliqué. Que son mari puisse lui dire ça l'avait révoltée, et le choc ne lui avait pas ouvert les yeux. Elle était restée sur ses positions.

Ah, tu veux prendre la fuite, c'est ça ? Mais il n'en est pas question. Si tu crois t'en tirer à si bon compte, jamais je ne donnerai mon consentement ! s'était-elle écriée d'une voix tremblante.

Et sans doute était-elle sincère. La mort de son fils et le souvenir de son fils mort, elle n'aurait pas été capable de les gérer seule. C'est pourquoi, l'année précédente, quand Shunsuke était mort, elle avait ressenti de la colère. Ça y est, il a quand même réussi à fuir. La colère avait été tellement plus forte que la tristesse, elle ne savait plus où elle en était.

La canette de bière vide, Ikuko regarda la photo de son fils, la photo de son mari. Elle leur avait fabriqué un cheval en concombre à chacun, finalement. Pas de vache pour repartir, mais pourquoi pas ? Ils n'ont qu'à rester, se dit-elle. Ils n'ont qu'à venir à cheval et rester avec moi tout le temps.

Il lui sembla que Shunsuke souriait vaguement sur la photo. Elle avait été prise peu avant sa mort, ils étaient à la montagne avec un couple d'amis. La photo le montrait en pleine conversation. Une expression de bonheur aux lèvres, détendu, sans doute possible, mais ce n'est que bien plus tard que ses amis lui avaient soutenu que c'était avec elle qu'il parlait à ce moment-là, avec cette expression. Mais non, c'est impossible, s'était-elle dit. Et en même temps : Serait-ce possible ?

L'ancien camarade de classe de Shunsuke qui avait téléphoné quelques jours plus tôt lui avait demandé s'il pouvait lui emprunter une photo. L'annuaire des anciens élèves présenterait quatre noms par page, et dans l'espace imparti à chacun, il y aurait une biographie sommaire, une photo du temps du lycée et une photo récente. Elle pourrait bien prêter cette photo-ci, mais le temps qu'elle revienne, le cadre resterait vide sur l'étagère.

Elle avait dit qu'elle y réfléchirait. Et maintenant, elle se disait qu'elle devrait plutôt chercher une autre photo. Plus exactement, elle n'arrêtait pas de se dire qu'elle devrait le faire. Sortir la boîte entoilée en bas au fond du placard, qui contenait près de quarante ans de photos de leur vie commune, des photos qu'ils avaient prises ou que d'autres avaient prises d'eux. Au-dessus, il y avait les trois albums que Shunsuke avait faits. Il faudrait les sortir aussi. Comme si cela faisait trente ou quarante ans qu'elle ne pensait qu'à ça.

Au début, elle avait trouvé que pour la période d'O-bon il n'y avait pas tant de monde que ça, mais à chaque correspondance, les trains étaient de plus en plus bondés. Vers la grande banlieue, et surtout vers les vallées des montagnes de l'ouest où elle se rendait, les touristes s'ajoutaient aux natifs qui rentraient au pays.

Pour se dégager d'un groupe de touristes d'âge mûr équipés de sacs à dos, elle avait fini par se déplacer vers le bout de la voiture, quand, un peu à l'écart, une jeune femme se leva et vint exprès vers elle pour lui céder sa place. Merci infiniment. Elle la remercia, même si elle trouvait cela surprenant sur le coup. Ce n'est qu'en s'asseyant qu'elle apprécia la gentillesse.

La jeune femme semblait accompagnée. Pour ne pas créer de gêne, ils s'éloignèrent tous deux un peu plus loin. Un couple d'amoureux, sans doute. Ou de jeunes mariés.

Il y a plus de trente ans, elle avait alors à peu près l'âge de cette jeune femme, elle avait pris ce même train pour se rendre au même endroit qu'aujourd'hui. C'était à peu près la même heure, aussi, autour de neuf heures du matin. Cette fois-là, également, quelqu'un lui avait cédé sa place. Mais celui qui lui avait donné sa place était un monsieur âgé. Et comme son épouse était assise à côté, il était resté debout devant elle. Les deux femmes assises l'une à côté de l'autre, les deux maris devant elles. Ils avaient échangé quelques mots. Combien de mois ? avait demandé l'épouse du monsieur. Quatre mois, avait répondu Ikuko. Vous avez l'œil, s'était exclamé Shunsuke, d'un ton à la fois naïf et étonné. Le ventre d'Ikuko ne se remarquait pas encore, à vrai dire. C'est l'expérience, avait répondu la dame en riant. Ce n'est pas à votre femme que ça se voit, c'est lorsqu'on vous voit, vous ! avait expliqué le monsieur.

Le groupe aux sacs à dos était descendu à la gare qui portait le nom de la montagne locale. On s'était soudain senti plus à l'aise dans la voiture. La température avait sans doute baissé de plusieurs degrés aussi. Ikuko sortit l'enveloppe du tote-bag qu'elle tenait posé sur ses genoux. L'enveloppe contenait une dizaine de photographies de Shunsuke.

Elle avait finalement décidé de laisser celle de l'étagère là où elle était. Pour l'annuaire des anciens élèves, il n'aurait qu'à choisir l'une de celles qu'elle lui apportait. Mais ce n'était pas tant pour l'ancien camarade de lycée de Shunsuke avec qui elle avait rendez-vous aujourd'hui que pour elle-même qu'elle avait préparé cette dizaine de photos. A vrai dire, depuis qu'elle avait sorti la boîte du placard et en avait ouvert le couvercle, elle avait passé toutes ses soirées à les regarder. Elle ne voulait pas les voir, elle ne *pouvait* pas les voir, s'était-elle répétée, butée. Eh bien, il avait suffi d'une seule fois pour qu'elle se débarrasse de cet interdit et maintenant elle ne se lassait pas de s'y plonger encore et encore.

Elle avait sélectionné des photos de Shunsuke allant de sa jeunesse, au tout début de leur mariage, jusqu'à l'année de son décès. Celui qui lui en avait fait la demande avait clairement parlé de photo récente, ce qui était bien la preuve que ce n'était pas pour lui qu'elle les avait choisies… Shunsuke en train de manger, Shunsuke à la mer, Shunsuke à la montagne, Shunsuke avec Sô dans les bras, Shunsuke devant un temple, Shunsuke dans une prairie, Shunsuke en *yukata* lors d'un séjour aux sources chaudes. Sur toutes, Shunsuke regardait l'objectif en souriant timidement, sauf quelques-unes où il riait joyeusement, prises quasiment à son insu, ou d'autres qui le montraient absorbé par quelque chose, regardant quelque chose ou écoutant quelqu'un, sérieux comme un enfant.

Quelle surprise pour Ikuko ! Bien sûr, on ne prend pas de photo de quelqu'un quand on se dispute ou qu'il est de mauvaise humeur, mais elle ne s'était pas attendue à une telle abondance d'images d'un Shunsuke heureux. Et pas seulement prises du vivant de Sô, mais après aussi.

Après la mort de Sô, ils étaient restés un certain temps cloîtrés chez eux, comme prostrés, il n'y avait aucune photo de cette époque. Mais ils avaient fini par émerger, ils avaient fini par rire de nouveau. Si les plantes ont besoin d'eau pour pousser, les humains, eux, ont besoin de rire. Elle croyait le savoir depuis longtemps, mais ces photos lui en apportaient la preuve, et c'était une énorme surprise. Il y avait de nombreuses photos d'elle aussi. Eh bien, elle aussi, elle riait. Elle avait même trouvé une photo d'elle et Shunsuke qui souriaient en se regardant. Elle avait découvert quelqu'un qu'elle ne connaissait pas et elle avait fini par reconnaître que ces deux êtres qui étaient là, c'étaient bien elle et son mari.

— Madame Kashima ? Oui, sans doute…

Il était convenu qu'elle téléphonerait à M. Ishii, l'ancien camarade de lycée de Shunsuke, à son arrivée à la gare, mais le temps de chercher des yeux une cabine, elle s'entendit appeler par son nom. M. Ishii était un homme à l'air raffiné, avec une crinière d'un blanc éblouissant.

— Je vous ai reconnue tout de suite, expliqua M. Ishii en riant... Une personne sans portable de nos jours, vous ne pouviez être que l'épouse de Shunsuke.

— Je suis confuse de vous déranger pendant les vacances d'O-bon, s'excusa Ikuko, rassurée.

— Du tout, du tout, c'est moi qui dois m'excuser de vous faire venir de si loin pour cette histoire de photo. Et puis, vous savez, maintenant c'est comme si c'étaient tous les jours les vacances pour moi. O-bon ou pas O-bon, je n'ai aucun projet particulier. C'est un plaisir pour moi de venir vous accueillir.

Je viendrai vous apporter quelques photographies de Shunsuke en main propre, avait proposé Ikuko à M. Ishii. J'en profiterai pour me promener dans les lieux où Shunsuke a passé sa jeunesse. Dans son esprit, cela voulait dire marcher seule, une fois qu'elle lui aurait remis l'enveloppe, mais M. Ishii était venu l'accueillir à la gare avec la ferme intention de lui servir de guide.

— Surtout que si vous marchez par cette canicule, vous allez tomber dans les pommes !

Il enfourcha le vélo qu'il avait mis au parking de la gare et lui présenta le porte-bagages comme si c'était la chose la plus naturelle du monde.

Ikuko eut une petite réaction de surprise, mais se laissa convaincre.

— Je vous propose de passer d'abord par notre lycée ; puis, visite des lieux et vestiges célèbres de nos monuments locaux, et retour à la gare, si vous le voulez bien. Vous verrez, ça ne prend pas longtemps.

Ikuko mit son tote-bag dans le panier à l'avant du vélo et s'assit en amazone sur le porte-bagages. Elle ne se voyait pas vraiment serrer à bras-le-corps un homme qu'elle voyait pour la première fois. Elle s'agrippa timidement au bord de la selle. Le vélo fendait l'air. Effectivement, le soleil tapait fort, mais M. Ishii roulait habilement à l'ombre, elle ne sentait pas trop la chaleur. Elle voyait plus de terre que d'asphalte, il faisait peut-être moins chaud qu'à Tokyo.

— C'est la première fois que vous venez dans notre ville ?

— Non… Je suis venue une fois, au tout début de notre mariage.

Mais elle n'était plus revenue par la suite. Sa belle-mère vivait seule dans une grande demeure en bois avec un jardin à l'époque, puis elle était partie vivre chez son fils aîné et sa belle-fille. La maison et le terrain avaient été vendus. De la ville lors de cette unique visite – parce qu'elle était enceinte, aussi – elle n'avait vu que le chemin de la gare à la maison. N'empêche qu'aujourd'hui, à vélo, par moments il lui semblait éprouver comme une nostalgie, ou une impression de déjà-vu, et elle regardait de tous ses yeux.

En moins de dix minutes, ils étaient au lycée. A l'idée que cela lui aurait pris au moins trente minutes à pied, Ikuko remercia de nouveau M. Ishii pour sa gentillesse. Tout au bout d'une allée bordée d'arbres immenses, des ginkgos et des zelkovas, on apercevait un grand terrain de sport et un bâtiment moderne de forme très simple. Des lycéennes s'entraînaient à la course de haies. Ils l'ont reconstruit il y a une vingtaine d'années, dit M. Ishii.

Ils restèrent un moment à regarder de l'extérieur, puis ils passèrent le grand portail et remontèrent l'allée de zelkovas jusqu'à l'entrée du bâtiment. Ils pourraient sans doute obtenir l'autorisation de visiter l'établissement s'ils expliquaient ce qu'ils venaient faire au gardien, proposa M. Ishii. Mais Ikuko répondit que ce n'était pas nécessaire. Elle n'avait pas d'intention particulière en tête, et si elle avait cherché quelque chose, elle venait de le trouver.

L'allée et ses magnifiques zelkovas, Shunsuke lui en avait parlé, il y a longtemps. Au lycée, il avait fait partie du club de rugby et ils échangeaient un journal de classe avec le lycée de filles. Chaque fois que, pour une raison ou une autre, il lui parlait de ces années-là, elle pensait qu'elle aurait aimé le connaître à cette époque.

Et voilà que ce lycée de garçons dont elle s'était fait une peinture mentale surgissait devant ses yeux, comme tiré de sa mémoire. Car, à son grand étonnement, elle l'avait conservé en elle pendant tout ce temps, même quand elle avait haï son mari, quand elle l'avait harcelé de sa haine. Là, maintenant, elle pouvait voir Shunsuke à seize ans, dans son uniforme de lycéen à col dur, traverser le terrain de sport en regardant les filles s'entraîner à la course de haies du coin de l'œil.

M. Ishii et son vélo avaient emmené Ikuko sur la digue le long de la rivière, qui à l'époque était si propre qu'on s'y baignait dedans – et même on y plongeait, au retour de l'école, en slip –, puis devant une échoppe de *monjayaki*, qui existait encore comme autrefois. C'était là que les garçons se retrouvaient et qu'ils invitaient leur copine quand ils sortaient avec une fille d'un autre lycée, pour la montrer aux autres. Puis il avait fait un détour pour passer devant « le musée du cinéma », où se dressait autrefois Le Spécial, la salle de cinéma d'art et d'essai de leur jeunesse, et revenir devant la gare.

— On mange quelque chose ? proposa M. Ishii.

Il la fit entrer dans une sorte de snack vaguement italien qui tenait plutôt de la chaîne de restaurants grand public.

— Je voulais vous inviter au *monjayaki* de tout à l'heure, mais c'est O-bon, j'avais oublié.

Ici, autrefois, c'était un café, on disait que c'était « le rendez-vous des voyous ».

Devant une assiette de spaghettis, Ikuko lui montra les photos qu'elle avait apportées. Pour l'annuaire des anciens élèves, M. Ishii choisit une des photos des dernières années de Shunsuke, mais il regarda également avec grande attention toutes les autres.

— Il a eu une belle vie, je vois, Shunsuke.

Il était quatre heures de l'après-midi quand elle retrouva la gare la plus proche de chez elle.

Qu'allait-elle faire pour dîner ? Pourquoi pas un tôfu frais ? Ou une aubergine grillée dans un bouillon *dashi* froid ? Ensemble, ça pourrait être pas mal. Et il y avait toujours les concombres. Oh, et puis, allez, je vais faire un *uzaku*, anguille chaude et concombres vinaigrés froids !

Le restaurant d'anguilles sentait si bon la grillade, elle n'eut pas besoin de se forcer beaucoup pour prendre une brochette « extra-spéciale ». Elle faisait un détour pour passer devant le marchand de tôfu mitoyen de La Maison de Coco quand elle s'entendit héler.

— Ikuko-san !

— Tiens ?

C'était Susumu. Avec une fille. Sa copine, sans doute.

— En vacances, aujourd'hui ?

— C'est un peu ça, oui.

— Et ce soir, c'est anguille grillée, je vois.

Elle se retint d'exploser de rire en voyant que Susumu avait l'air de vouloir paraître à son avantage.

— Et toi, Susumu, un rendez-vous galant ?

— C'est un peu ça, oui, répondit Susumu et il hocha la tête en regardant non pas Ikuko, mais sa copine, qui lui rendit son signe de tête avec un sourire franc et clair. Elle ne cachait pas ses jolies jambes sous sa minijupe en jean. Un joli brin de fille. Au premier coup d'œil, on voyait qu'elle menait Susumu par le bout du nez.

— On ne se connaît pas depuis longtemps. C'est tout récent, ajouta Susumu.

Elle ne lui avait rien demandé. Mais… si c'était *tout récent*, ce n'était donc pas celle avec qui il était en bisbille l'autre jour. Une nouvelle copine, sans doute. Serait-ce une façon codée de le lui faire comprendre, par hasard ?

Mais ces histoires ne la concernaient pas, et puis, un peu de méchanceté ne fait jamais de mal, elle sauta donc dedans à pieds joints :

— Kôko ne t'a pas invité à voyager avec elle ?

— Moi ? Non, non, pas du tout. D'ailleurs…

Ça ne rata pas. Susumu se mit à expliquer à sa copine, Kôko-san, c'est la patronne de plus de soixante ans de la boutique de plats cuisinés à qui je livre du riz, c'est une blague. La copine, sans se départir le moins du monde de son grand sourire, n'en perdait pas une miette. Ikuko commençait à bien s'amuser.

— Eh bien, bonne soirée ! Et la prochaine fois, tu sors avec moi, n'oublie pas !

— Ha ha. Encore ? Vous aussi, vous vous y mettez ?

Ikuko quitta les deux jeunes en riant. Elle venait de découvrir quelque chose. Elle avait cru que Susumu ressemblait à son fils mort, mais en fait, non, pas du tout.

Il faudra que je raconte ça à Kôko et Matsuko, se dit-elle, avant de réaliser que non seulement elle ne leur avait jamais dit qu'elle trouvait que Susumu ressemblait à Sô, mais qu'en fait elle ne leur avait jamais parlé de Sô.

C'est étrange, il lui semblait qu'elles savaient déjà tout d'elle sans qu'elle ait jamais eu besoin de leur raconter quoi que ce soit.

CONGRE ET ANGUILLE

Les motifs du pin, du bambou et du prunier se détachaient en vert profond sur le fond blanc, et quand elle déplia l'emballage quelque peu nostalgique, elle découvrit le large copeau de bois, lui-même protégeant un tronçon de congre grillé. Kôko bondit sur le téléphone, hors d'elle.

— Allô ! Ah… Megumi-chan ? C'est Kôko, bonjour. Ça va ?

Elle était tellement en colère qu'elle n'avait pas anticipé que ce ne serait pas Shiroyama mais sa femme qui répondrait, ce qui était du domaine du possible, effectivement. Ça lui coupa tous ses effets, mais elle décida de lui demander de lui passer Shiroyama.

— Allô…

— Haku ? Tu peux me dire ce que ça veut dire ?

Elle avait un peu haussé le ton, pour faire remonter la pression qui avait malencontreusement baissé.

— Pardon ? De quoi parles-tu ?

Exactement la réaction qu'elle avait prévue, venant de Shiroyama.

— Le congre grillé, évidemment !

— Ah, ça, c'est un ami d'Akashi qui m'en a envoyé plein, alors je partage. Tu aimais ça, je crois. Tu as la courante ?

— Il ne manquerait plus que ça ! Je pète la forme, si tu veux savoir, mais ça ne se fait pas d'envoyer un truc pareil !

— Je ne comprends pas. Où est le problème ?

— Je t'ai pourtant dit que j'allais me marier, il me semble ! Et il ne te vient pas à l'idée que ça pourrait le rendre jaloux, si mon ex m'envoie du congre grillé ?

Il y eut un moment de silence. Il était en train d'analyser la signification des paroles qu'elle venait de prononcer.

N'analyse pas, surtout, pensait Kôko, je vais m'effondrer au premier assaut, sinon…

— Puisque je te le dis !

Et voilà, elle avait répondu d'elle-même, tellement elle n'en pouvait plus de ce silence.

Cela en créa un autre. Plus court celui-là.

— C'est vrai ? dit Shiroyama.

— Bien sûr que c'est vrai, répondit Kôko, sans vraiment beaucoup de conviction.

— Alors, je suis désolé, excuse-moi.

— Bon, si tu comprends, ça va.

Ne commence pas à t'excuser avec cette voix triste. Alors que c'est moi qui suis triste.

— Et toi, tu le fais comment ?

— Je fais comment quoi ?

— Eh bien, le congre grillé. Tu le prépares comment ? Avec quoi est-il meilleur ?

A l'autre bout du fil, on entendit Shiroyama tousser.

— A la chinoise aussi, on n'y pense pas mais c'est délicieux, expliqua très à l'aise Kôko à Ikuko le lendemain. Tu coupes le congre en gros morceaux, tu les recouvres légèrement de fécule de pomme de terre et tu les plonges dans un bain d'huile bouillante. Et après, tu les fais bouillir. C'est une recette de gastrothérapie chinoise. En principe, ça se fait avec de l'anguille, mais le congre est moins gras, les clients préféreront, j'en suis sûre. Et comme on est juste au moment où les fatigues de l'été commencent à se faire sentir, ce sera comme un message : Prenons des forces ! Moi je crois que ça devrait bien marcher.

— Ça a l'air formidable, dit d'abord Ikuko, très poliment, avant de donner son avis : Mais je préfère quand même les choses plus simples.

Le matin, à La Maison de Coco. Les chaleurs de fin d'été commencent à devenir supportables, on a stoppé la clim la semaine dernière. Matsuko n'est pas encore là.

— En verrine de flan salé *chawanmushi*, ou en *uzaku* avec des concombres froids, c'est très bon. Et en sushi aussi, bien sûr…

— Ah, en *chirashi-zushi*, oui…

Voilà que Kôko, sans réfléchir, se cale sur Ikuko maintenant. Mais c'est vrai que Shiroyama a dit la même chose : mélangé avec du sushi, c'est excellent. Ça aurait été bête de ne pas profiter de l'avoir au téléphone pour lui demander quelques conseils…

Finalement, décision est prise de préparer le congre de deux façons, à la chinoise et en *chirashi-zushi*. Car si Ikuko préfère les recettes simples, ça ne l'empêche pas d'aimer en essayer de nouvelles. Décidément, des Trois Grâces de La Maison de Coco, il n'y en a pas une pour rabattre le niveau de ses exigences, se dit Kôko.

Puis elle se tourne brusquement vers la pendule.

— Mais que fait Matsuko ?

— Il est bien tard…

En effet, il est presque dix heures.

Kôko a accroché son cardigan aux plantes qui poussent vigoureusement au-dessus de la clôture métallique.

— Zut alors !

— C'est de la sauge, remarque Ikuko.

— Hein ?

— Comment ça s'appelle déjà ? Ah oui. De la sauge-cerise, ou sauge à petites feuilles. Ça sent bon, n'est-ce pas ? Mais on ne la mange pas, paraît-il. Si on la laisse tranquille, ça pousse tout seul.

— Ah bon…

Derrière la clôture, c'est la maison des propriétaires de Matsuko. Il y a un bosquet d'arbres tellement dense qu'on dirait une forêt. Et derrière, c'est la Casa Doliade, où se trouve l'appartement de Matsuko.

— Ne tire pas dessus, tu vas le faire filer. Je te le stopperai tout à l'heure.

— Oui, merci, Ikuko-chan.

Une conversation qui partait dans tous les sens sans arriver nulle part, qui flottait au gré des courants d'air. Ça me dit quelque chose, pensait Kôko. Tout marche comme sur des roulettes, vous vous dites qu'il ne se passe rien de particulier, et petit à petit, la peur s'installe.

Ikuko devait ressentir la même chose. Elles passent sous l'arche du portail, puis devant la maison des propriétaires. Plus elles approchent de l'appartement de Matsuko, plus leurs pas se font lents. A presque midi, Matsuko n'était toujours pas venue travailler. Aucun message non plus. Kôko connaissait Matsuko depuis plus de dix ans et c'était la première fois que cela se produisait.

— Elle a peut-être trop bu et elle dort encore ? suggère Ikuko en montant l'escalier extérieur de l'appartement.

— Ça doit être ça, approuve Kôko.

— Ou bien elle est avec son chéri, si ça se trouve.

— Oui, oui, c'est aussi possible.

— Ou alors elle est tellement dans les nuages qu'elle ne s'est pas aperçue que le soleil s'était levé, tu crois ?

— Là, Ikuko, tu exagères, quand même !

— Ou alors elle s'est disputée avec son chéri et elle est tellement déprimée qu'elle n'a plus la force de se lever…

— Ah, ça, ce ne serait pas impossible.

— Pourtant, ces derniers temps, tout se passait très bien, je crois.

— Ma foi, les histoires d'amour, ça dérape facilement et ça quitte la route.

— Ben dis donc, c'est toi qui dis que j'exagère ?

— Attends.

Kôko arrête Ikuko qui s'apprêtait à frapper à la porte, la contourne et vient plaquer son nez à l'interstice du chambranle.

— Non, ça ne sent rien…

— Rôôh, arrête, Kôko !

De toute façon, ça ne pourrit pas si vite, dit Ikuko comme si elle parlait d'un plat. Elle écarte Kôko et frappe doucement à la porte. Aucune réponse. Aucun bruit. Alors elle se met à frapper plus fort. Aucune réaction. Kôko appuie sur la poignée. La porte est fermée à clé.

— Ça veut dire qu'elle n'est pas là, non ?

— Ou qu'elle est là mais qu'elle ne peut pas ouvrir, c'est aussi possible.

— On va demander aux propriétaires d'ouvrir ?

— C'est un peu excessif, non ?

— Ikuko, tu peux arrêter de renifler comme ça, s'il te plaît ?

Voilà, ça y ressemble. C'est comme cette fois-là, pense Kôko. Exactement la même sensation que pendant ce dîner où Shiroyama lui avait avoué la vérité pour Megumi. Cette atmosphère d'angoisse avant qu'arrive ce qu'on redoute de voir arriver.

— Allons chez les propriétaires, dit Kôko sur un ton sans appel, avant de l'entraîner au bas des escaliers.

Quand, soudain, après quelques pas en direction de la maison des propriétaires... Elles crurent que c'était un animal qui surgissait du bois. Elles entendirent un feulement. Mais ce n'était pas un cri de bête, c'étaient des sanglots.

Matsuko arrivait en courant, en larmes.

A partir de là, toute la journée se déroula sur les chapeaux de roues.

Ikuko fut chargée de s'occuper de la boutique toute seule. Kôko et Matsuko partirent pour la gare. Voir Matsuko en vie avait quelque peu rassuré Kôko, mais la peur ne la quittait toujours pas, vu que maintenant c'était Shun qui avait disparu.

D'après ce qu'elles avaient réussi à comprendre des explications entrecoupées de pleurs de Matsuko, celle-ci avait vu Shun pour la dernière fois le jeudi précédent. Ils s'étaient quittés ce soir-là en se donnant rendez-vous pour le dimanche. Or, Shun n'était pas venu au rendez-vous. Il devait aussi avoir éteint son portable, impossible de le joindre. Elle était allée jusque chez lui, il n'y était pas. De toute la nuit jusqu'à maintenant, aucun message, rien.

— Vous vous êtes disputés, jeudi ?

— Non, non… avait répondu Matsuko en secouant la tête. On ne s'est pas disputés… Non… mais… mais il n'était pas très en forme. Ouiiin…

— Et tu as une idée de la raison pour laquelle il n'était pas en forme ?

Ce n'était pas par désir de savoir que Kôko posait la question, c'était plutôt pour obliger Matsuko à continuer à parler. A force de parler, elle finirait par s'arrêter de pleurer. Dans le train, cela devenait gênant.

— Pourquoi il… hon, hon… Mais je sais. Ouiiin. Il… il me déteste. Maintenant, il me déteste… Ouiiin. Il est partiii ! Ouiiin…

— Attends, attends… Matsuko. Ça va, pas la peine de répéter, j'ai compris. Nous allons retourner à l'adresse de Shun et là, nous aviserons, d'accord ?

Les regards des passagers autour d'elles se faisaient de plus en plus insistants, et l'arrivée à la gare fut un soulagement. Pour Matsuko, c'était la deuxième fois de la journée. Autrement dit, tout à l'heure, si elle n'était pas chez elle, c'est parce qu'elle était chez Shun. Rien d'étonnant donc que leurs coups à la porte soient restés sans réponse et que la porte ait été fermée à clé.

— Vous vous êtes peut-être croisés, qui sait…

En parlant, elles finirent par arriver devant l'appartement de Shun. La première action de Kôko fut de plaquer son nez contre l'interstice du chambranle et de renifler.

OK. Ça ne sent rien de spécial.

Elle fortifia son cœur et actionna la poignée.

La porte s'ouvrit sans effort.

— Tiens, qu'est-ce que je te disais ! Il est rentré, ton chéri !

— Ouiiin…

C'était le studio typique de l'homme célibataire. Le futon même pas plié, la table basse pliante à motifs floraux d'un mauvais goût achevé, deux coussins plats vert *matcha* en totale dysharmonie avec la table, la chemise blanche et la veste de costume sur un cintre, le cintre accroché à la corniche du mur. Mais pas de Shun. Dans la salle de bain non plus. Sur le mini-balcon non plus. Dans le placard en plastique non plus.

Ce n'est qu'après avoir ouvert les éléments de rangement de la cuisine que Kôko dit sur un ton pleinement rassuré :

— Si la porte était fermée tout à l'heure et que maintenant elle est ouverte, ça veut dire que ton chéri est sain et sauf.

Matsuko, épuisée d'avoir trop pleuré, s'était assise sur le futon.

— S'il a laissé la porte ouverte, c'est qu'il va revenir d'un instant à l'autre, non ?

Matsuko, butée, n'attendit même pas que Kôko ait fini sa phrase.

— Non, il ne reviendra pas. Même s'il revient, dès qu'il verra que je suis là, il repartira en courant. J'ai bien compris, j'ai eu tort de me faire du souci. Il veut juste m'éviter.

— Mais pourquoi fuirait-il ? Récemment, tu disais que tout se passait bien…

— Trop bien, je suppose. Un peu, ça va, mais comme tout allait trop bien, ça l'a contrarié, je suppose. Il a dû se dire que ça allait lui créer des obligations, l'obliger à prendre ses responsabilités, j'en suis sûre.

— Qu'est-ce que tu racontes…

Tout en cherchant quoi répondre, Kôko faisait le tour de la pièce des yeux. Au-dessus de l'évier, dans la cuisine, il y avait deux mugs assortis, avec les célèbres motifs du poussin et du phoque. Le poussin rose et le phoque vert. Sur la table pliante, un bocal en verre totalement hors de propos dans le studio d'un homme d'âge mûr, même rempli, selon toute apparence, d'un mélange de ces biscuits apéritifs qu'on appelle « graines de kaki » et de cacahuètes. Eh oui, comprit alors Kôko. Matsuko a passé plusieurs nuits ici. Tout allait trop bien, c'est exactement ça.

Et donc, le chéri s'était enfui ? Elle n'en savait rien, mais si c'était le cas, Kôko pouvait se mettre à sa place. Elle le comprenait, le chéri. Quand Shiroyama et elle s'étaient séparés, elle s'était dit la même chose : si c'était pour en arriver là, mieux aurait valu que ça marche moins bien. Si elle n'avait jamais rencontré Shiroyama, il ne l'aurait jamais quittée. Dans la vie, quand on reçoit quelque chose, on reçoit aussi le risque de le perdre. Et si on ne veut pas vivre cette perte, il vaut mieux ne rien recevoir du tout.

Kôko restait les yeux posés vaguement sur la table pliante, quand soudain elle aperçut quelque chose.

— Matsuko, ton chéri, il est enrhumé ?

— Non, pas spécialement.

Matsuko, elle aussi, en suivant le regard de Kôko, venait d'apercevoir la chose.

— Des médicaments ?

Matsuko bondit vers la table, suivie de Kôko. Les trois pilules étaient difficiles à distinguer dans le motif floral du plateau de la table. Un petit sachet en vinyle était posé à côté, où se trouvaient cinq autres pilules. Des pilules de cinq millimètres de diamètre environ, d'un vert vif brillant.

— C'est des médicaments pour quoi, ça ? Des vitamines ?

— Je n'ai jamais vu des pilules comme ça.

— La couleur n'est pas très commune.

Un silence lourd s'était installé. Non, tout de même pas… Pas des somnifères, se dit Kôko. Pas du poison, tout de même, non, non. N'empêche que cette couleur, cette disposition sur la table… Plus elle les voyait et plus elle le sentait mal.

Ouiiin…

Brisant le silence, les sanglots de Matsuko reprirent de plus belle.

— Il veut se tuer ! Il est peut-être déjà mort à l'heure qu'il est. Il me déteste au point de préférer mourir, ouiiin…

Cette fois, c'était parti pour de bon. Allons, Matsuko, qu'est-ce que tu racontes ? Mais il ne peut pas être mort, voyons ! Allez, allez ! Il faut le retrouver. Tout en essayant de la consoler, Kôko sentit monter l'envie de pleurer, elle aussi. Mais non, mais non, mais non, c'est impossible. Ce serait trop affreux, pour le coup. D'abord, s'il a réellement mis fin à ses jours, moi, à la place de Matsuko, je ne lui pardonnerais jamais, ça non. Ce serait à lui donner des coups pour de vrai, ça.

C'est alors que la porte s'ouvrit.

Un homme de petite taille, avec un visage d'ourson, un sac de supermarché plein à craquer dans chaque main, les regardait toutes les deux avec des yeux écarquillés.

— Ah ! Shu… Shun… s'écria Matsuko en bondissant sur ses pieds.

Voilà donc le chéri en question, comprit Kôko.

— Euh, à qui ai-je l'honneur ? demanda poliment Shun en regardant Kôko.

— Et alors, que s'était-il passé ?

Il était deux heures, les acheteurs de plats cuisinés du midi se faisaient plus rares et Ikuko n'en pouvait plus d'attendre, elle voulait savoir. Kôko était rentrée à La Maison de Coco peu après une heure. Un peu parce qu'elle avait été immédiatement happée par les clients de l'heure de pointe, et un peu aussi pour le plaisir de mettre Ikuko sur le gril, elle s'était contentée d'un commentaire laconique : « Quelle idiotie ! C'était bien la peine de se donner tant de mal... »

Le rythme à la boutique s'était peut-être calmé, mais pas encore au point de pouvoir s'asseoir et prendre un thé. Surtout sans Matsuko, il y avait de l'imprécision dans le service, c'est sûr. Kôko et Ikuko discutaient donc tout en travaillant dans la cuisine.

— Mais rien du tout ! répondit Kôko en épluchant les ignames.

Elle s'essuya les mains à son tablier, mordit dans une boulette de riz qu'elle trouva à portée.

— ... Mffuu hu hu, éclata-t-elle de rire, la bouche pleine.

— Pourquoi tu ris ? Raconte-moi vite, au lieu de me laisser sur des charbons ardents ! Matsuko ne viendra pas aujourd'hui, c'est ça ? Où est-elle, que fait-elle en ce moment ?

— Alors, ça, ne compte pas sur moi, il y a des mots qui ne franchissent pas les lèvres quand on est bien élevée !

— Non ? C'est pas vrai ?

Kôko la faisait marcher et Ikuko ne demandait pas mieux que de courir. Elle coupa une gousse d'ail en deux et retira le germe.

— Donc, si je comprends bien, le chéri est revenu et ils se sont rabibochés.

— Rabibochés, rabibochés… Ils ne s'étaient pas disputés, en fait. Je dirais même, c'est tout le contraire.

— Le contraire ? Mais alors, pourquoi il avait disparu ?

— La faute à un médicament.

— Un… un médicament ?

Kôko décrivit les pilules vertes posées sur la table du chéri.

— Ce n'étaient pas des pilules contre le rhume, ni des somnifères, ni du poison, c'étaient des pilules contre l'impuissance.

Shun avait tout avoué, peut-être en voyant le visage de Matsuko qui avait doublé de volume à force de pleurer. Shun n'était pas trop sûr de sa virilité et avait donc acheté des pilules contre les troubles érectiles sur un site plus ou moins douteux. Mais quand, le dimanche matin, il en avait avalé une, il avait été surpris par la rapidité et *l'évidence* de l'effet. La décence élémentaire l'obligeait donc à ne pas voir Matsuko ce jour-là.

— L'évidence de l'effet, ça veut dire qu'il s'était transformé en loup-garou ?

— Peut-être bien. Au moins partiellement, disons.

— Waouh !

Bref, où était-il parti, le chéri ? demanda Ikuko.

Il était allé courir.

Il était allé faire du jogging, jusqu'à ce que les effets perdent de leur évidence. Effectivement, certains effets s'étaient, disons, estompés, mais ça n'avait peut-être pas tout à fait guéri le problème dans sa tête. Parce qu'au lieu de compter sur les pilules vertes, il était allé au supermarché dans l'idée de gagner des forces par un moyen plus naturel.

— Ah, je vois. D'où ces victuailles…

Sur le plan de travail, à part les ignames et l'ail, étaient étalés des gombos et une anguille grillée – ce que Shun avait acheté au supermarché. Kôko avait fait main basse sur l'ensemble, en compensation du jour de repos accordé à Matsuko. Le congre, ça se conserve, alors on allait laisser tomber le plat du jour et plutôt préparer ça.

— Parce que Matsuko a affirmé que son chéri n'avait nul besoin de nourriture fortifiante, expliqua Kôko tout en écrasant les ignames.

— Ouh là là, commenta Ikuko d'une voix sensuelle.

— Tu imagines bien que je n'avais pas le choix : je les ai donc laissés tranquilles et je suis revenue. En admettant qu'elle soit revenue avec moi, elle n'était pas dans les dispositions d'esprit adéquates pour faire du bon travail, de toute façon.

— Sage décision de brillante gestionnaire, si tu veux mon avis.

— Ce qu'il ne faut pas faire, tout de même…

Le geste que fit Kôko pour s'étirer les reins, l'igname à la main, fit bien rire Ikuko. Tout est bien qui finit bien, alors.

Oui, surtout que ça avait l'air mal parti.

Ha ha ha ha, renchérit Kôko.

Et pour une fois, c'était un rire clair et sans arrière-pensées. Le chéri, voilà un homme qui savait ce qu'il fallait faire quand il fallait le faire, au moins. Les mauvais pressentiments de la matinée appartenaient à un autre monde et elle pouvait se moquer d'elle-même et de ses battements de cœur affolés.

— L'anguille, on peut la cuisiner de façon très sophistiquée… mais on peut aussi miser sur la simplicité : on a des œufs, on peut faire une roulade, non, c'est facile ?

— C'est ce qu'on va faire, tu as raison ! Et ça va nous fortifier, en plus.

— On n'a pas vraiment besoin de prendre des forces, nous autres, dit Ikuko en riant.

— Parle pour toi, répliqua Kôko. On a besoin de vigueur à tout âge, figure-toi. Même à quatre-vingts ou à quatre-vingt-dix ans !

— Ouh là là… repartit Ikuko d'une voix de plus en plus sensuelle.

Kôko enfila un cardigan bleu cobalt en harmonie avec le ciel d'automne sans nuages.

Le visage que lui renvoyait le miroir était parfaitement heureux, tout allait bien. Elle partit pour la gare en chantonnant.

— Bonjour ! dit Susumu en levant une main.

Il n'y a rien qui vous mette plus en joie pour la journée qu'une salutation pleine de vie, c'est vrai. Mais il ne faudrait pas qu'il se croie à l'abri d'un retour de bâton, ce jeune homme, se dit Kôko avec un rictus intérieur. Elle le trouvait plus amusant avant, toujours sur le qui-vive, à ne pas savoir sur quel pied danser. Alors que maintenant, regardez-moi ça, il ne balbutiait plus en tremblant dès qu'elle l'invitait, hum…

Evidemment, elle était la première à savoir que ce rictus intérieur ne trahissait que son propre égoïsme, aussi répondit-elle à son salut par le même signe de la main et un « bonjour ! » bien servi.

Dimanche.

On allait faire des achats. Mais des achats un peu spéciaux.

Le train à destination du centre-ville n'était pas vraiment bondé, Kôko trouva une place assise. Susumu resta debout devant elle, accroché à la poignée, sans chercher s'il y avait une autre place libre, façon chevalier servant, protecteur et attentif, ce qu'elle apprécia à sa juste valeur.

— On commence par où ?

— Voyons, voyons… fit-elle en minaudant, prenant une pose qu'elle jugeait très jeune fille, les yeux levés sur Susumu. On va chercher d'abord les cadeaux, ensuite les accessoires et colifichets. On va vérifier ce qu'il y a chez la fleuriste, puis on passe aux rayons vêtements. En dernier, on fait un tour à l'étage gastronomie, je veux voir les ingrédients pour le gâteau…

— Ah, c'est copieux… dit Susumu d'un air un peu tendu. On ne pourrait pas en laisser un ou deux à Ikuko ?

— Hein ? Eh bien, en effet, c'est possible, mais…

— Parce que Ikuko aussi va faire les courses, la semaine prochaine.

— Ah bon ? Et… avec toi ?

— Evidemment. Je ne peux pas sortir avec vous sans accepter de sortir aussi avec Ikuko, vous imaginez bien !

— Oh !

Mais elle marche sur mes platebandes ! Depuis quand l'a-t-elle invité ? pensait Kôko. Tout en imaginant sans difficulté qu'Ikuko ruminait les mêmes pensées de son côté.

— Eh bien, alors, on achète seulement les cadeaux et on donne un coup d'œil rapide au reste. Comme ça, on pourra consacrer plus de temps aux vêtements.

— Je crois que je vais m'acheter une veste, moi aussi. Je n'ai rien à me mettre pour les mariages et ce genre d'occasions.

— Bonne idée. Je t'aiderai à choisir, répondit Kôko.

Même s'il n'était pas absolument nécessaire de faire des frais pour une veste de mariage, vu que ça se passerait à La Tempête.

Mais aider Susumu à se choisir une veste ne pouvait être qu'amusant, et elle se réjouissait à l'avance de pouvoir lancer à la vendeuse : « C'est pour notre mariage à tous les deux. »

Le portable de Susumu sonna dans sa poche.

— Et merde… dit-il après l'avoir sorti en regardant l'écran.

Il l'éteignit.

Je ne vais tout de même pas lui demander si c'est sa copine, se dit Kôko.

Susumu demanda d'un air gêné :

— C'est quel genre, le fiancé de Matsuko ?

— Un gars très, très bien, répondit Kôko. Enfin, au moins du point de vue de Matsuko, n'est-ce pas ?

— Je vois. C'est profond, ce que vous dites là… acquiesça Susumu pour se maintenir à la hauteur de la conversation.

— *Que ne le puis-je moi-même*, n'est-ce pas ? murmura Kôko.

— C'est bien vrai, ça, acquiesça une nouvelle fois Susumu, qui manifestement n'avait pas lu

Miyazawa Kenji, mais faisait décidément beaucoup d'efforts pour se maintenir au niveau de la conversation.

En une semaine à peine, nous voilà au cœur de l'automne.

Kôko s'était fait cette réflexion un matin au réveil, à la couleur du ciel. Les hortensias Annabelle avaient achevé leur floraison, les chrysanthèmes Shûmei avaient pris le relais. Shiroyama avait fait en sorte qu'à chaque saison une variété soit en fleurs, certainement pas parce que cela correspondait à son esthétique, plutôt pour que Kôko ne soit jamais triste.

Kôko se prépara un thé au lait et des scones, en harmonie avec la saison et son humeur du moment. Elle les dégusta lentement, puis téléphona à Shiroyama. Tout en comptant les sonneries, elle se disait que son cœur ne battait plus aussi fort. L'automne est là, et avoir le cœur qui bat trop fort commence à me lasser, se dit-elle. De même que les Shûmei succèdent aux Annabelle, que viendra-t-il ensuite ? Hum, commençons déjà par essayer de ne pas remarquer à chaque fois que mon cœur ne bat pas aussi vite, ce sera déjà pas mal.

— Bonjour.

Ce qui était étonnant, c'était qu'au fur et à mesure que les sentiments de Kôko évoluaient, la réaction de Shiroyama évoluait aussi. Par exemple, sa voix ne se forçait plus à être aussi gentille qu'avant quand il comprenait que c'était elle au bout du fil. Ce qui en réalité était bien plus gentil, se dit Kôko.

— Tu es invité à un mariage.

Elle lui donna le temps de réagir. Pendant quelques instants, Shiroyama resta sans voix, puis demanda :

— C'est vrai ?

— Bien sûr que c'est vrai.

Et, lentement :

— Matsuko se marie.

— Ah.

Il s'était trouvé pris à contre-pied.

Ha ha ha ha, rit Kôko.

— La noce aura lieu à La Tempête. Je compte sur toi. Avec Megumi-chan, bien sûr.

Il y eut un silence. Puis :

— Je peux venir, c'est vrai ?

Bien sûr ! Cela lui ferait très plaisir.

— Il n'y a plus de danger, tu n'as plus rien à craindre.

— Plus de danger…

— Plus aucun. Tu n'as plus rien à craindre, Haku, ni moi non plus.

Elle entendit le rire de Shiroyama. Très gentil, comme rire, un rire qu'elle n'avait jamais entendu, songea-t-elle. A moins que ce ne soit qu'une impression. Plutôt ça, d'ailleurs. Mais, l'un ou l'autre, c'était quand même très bien.

— Eh bien, alors nous sommes heureux d'accepter ton invitation. Je me réjouis de voir les mariés.

— Ce sera un buffet. J'aurais des conseils à te demander, à ce propos, dit Kôko après avoir donné le jour et l'heure du mariage.

— Sans problème.

— Le *chirashi-zushi* au congre que tu m'as conseillé l'autre fois était délicieux. Quelque chose comme ça serait pas mal, je pense, non ?

— Si tu veux, je peux t'en faire livrer, du congre grillé.

— Eh bien, Haku, disons que ce sera ton cadeau de mariage, d'accord ?

— Du congre en cadeau de mariage, je ne suis pas sûr que ce soit très orthodoxe.

La conversation était plaisante, mais Kôko commençait à avoir envie de couper. Il y a neuf ans, jamais elle n'aurait rêvé pouvoir téléphoner à Shiroyama et lui parler comme maintenant. Elle était heureuse du changement, elle en était fière aussi. Et un peu triste, en même temps.

Ha ha ha ha, essaya Kôko.

Elle put vérifier de ses propres oreilles que son rire était clair, sonore, et puissant.

TABLE

Achevé d'imprimer
sur les presses de l'imprimerie
Black Print, Espagne

Dépôt légal : janvier 2023